MARO.
W0412700

John Fante

Eine Braut für Dino Rossi

Aus dem Amerikanischen von Kurt Pohl
und Karl H. Mayer

MaroVerlag

Originaltitel:
The Wine of Youth © 1940 by John Fante,
© 1985 by Joyce Fante
The Orgy © 1986 by Joyce Fante

Umschlaggestaltung:
Rotraut Susanne Berner, Heidelberg
Gesamtherstellung: MaroDruck, Augsburg

Ein Titeldatensatz für diese Publikation ist bei der
Deutschen Bibliothek erhältlich.

ISBN 3-87512-261-5

Inhaltsverzeichnis

Eine Braut für Dino Rossi

Dino Rossi besaß einen kleinen Friseurladen im Norden von Denver, mitten im Italienerviertel, wo wir unsere Kindheit verbrachten. In seiner Jugend hatte er meiner Mutter den Hof gemacht. Das muß so gegen 1909 gewesen sein – bevor mein Vater auf der Bildfläche erschien. Dino Rossi war wohl kein sehr feuriger Liebhaber, dafür war er viel zu sanftmütig. Er wirkte eher zart besaitet mit seinen zierlichen Händen und Füßen, und damit war er meinem Vater nicht gewachsen, denn der war Maurer und hatte keine Konkurrenz zu fürchten. Mein Vater hatte Dino meine Mutter direkt vor der Nase weggeschnappt und geheiratet. Und damit gehörte Dino zu meinen frühesten Erinnerungen. Ich erinnere mich noch gut, wie ich mit ihm »Hoppe, hoppe, Reiter« spielte und auf seinen spitzen Knien auf und nieder hopste.

Sechs- oder siebenmal im Jahr besuchte uns Dino zum Abendessen. Papa bestand auf diesen Besuchen. Er nahm selbst den Umweg zu Dinos Friseurgeschäft in Kauf, um ihn persönlich zum Essen einzuladen. Für uns Kinder – Mike, Tony, Clara und mich – war klar, warum: Papa hatte Dino gern als Gast im Haus, schließlich waren Dinos ganze Bemühungen um Mamma umsonst gewesen, während Papa der Auserwählte gewesen war. Die ganze Zeit über, während Mamma rein und raus kam, den Tisch deckte und das Essen servierte, merkte man, des einen Sieg ist des anderen Niederlage. Immer, wenn Dino zu Gast war, entwickelte Papa eine auffällige Zuneigung zu Mamma. Dino saß zwischen Tony und mir und konnte mit gütigem Blick beobachten, wie Papa Mamma immer wieder umarmte, wenn sie den Braten, die Maccaroni oder sonst irgendetwas aus der Küche brachte. Oder er nahm Mamma plötzlich in den Arm und küßte sie heftig.

Das war nicht nur ungewöhnlich, sondern auch widerlich. Denn wenn Dino nicht da war, benahm sich Papa völlig anders. Papa neigte stark zu launischen Anfällen. Tagelang konnte er eingeschnappt sein oder wegen einer Kleinigkeit ein Theater machen: wenn die Eier zu weich waren, die Taschentücher nicht gebügelt oder ein Knopf an seinem Hemd fehlte. Dann reckte er die geballten Fäuste zum Himmel, raufte sich die Haare und stieß wüste Beschimpfungen aus. Oder wenn bei Tisch Brot oder Salz und Pfeffer fehlten. Jedesmal warnte er uns dann zum letzten Mal, besonders Mamma: daß er jetzt die Nase voll habe und abhauen würde. Wir hatten uns schon an diese Wutausbrüche gewöhnt und niemand nahm sie mehr ernst. Nicht einmal Papa.

Aber wenn Dino da war, *mamma mia*, war Papa wie ausgewechselt! Ich war damals schon vierzehn, aber selbst Tony mit seinen sechs Jahren spürte die Spitzen hinter Papas seltsamem Verhalten. Papa quälte Dino bis aufs Blut. So wie er es sah, würde Dino niemals heiraten. Keine Frau der Welt wäre bereit, ihn in der kargen Wohnung hinter seinem Laden zu umsorgen. Papa brachte bei jedem Besuch Dinos das Thema Hochzeit und Ehe auf den Tisch. Am liebsten vor uns allen.

»Was zum Teufel ist bloß los mit dir, Dino? Bist du überhaupt ein richtiger Mann, oder was? Jetzt bist du bald vierzig, die Haare gehen dir aus und immer noch wohnst du in diesem Loch hinter deinem Laden. Schnapp dir endlich eine Frau, Dino! Madonna, wie hältst du das nur aus? Wie kann man nur ohne Frau leben?«

Dann wandte er sich zu Mamma, faßte sie um die Taille und zog sie mit seinen starken Armen an sich. Mamma lächelte geduldig und ihr sanfter Blick bat Dino um Verständnis, um Vergebung für Papa.

»Nimm zum Beispiel mich!« fuhr Papa dann fort. »Schau mal, zu was ich es gebracht habe. Und schau mal, was alles auf dem Tisch steht. So ein Essen braucht ein richtiger Mann! Hast du schon mal solche Ravioli gegessen, Dino?« Dino konnte nur lobend lächeln. »Warum sagst du nichts, Dino? Hab keine Angst. Du brauchst dich doch vor meiner Frau nicht zu schämen. Du warst doch selbst einmal verliebt in sie. Du wolltest sie doch selbst einmal heiraten.«

Dino sprach normalerweise nur Italienisch.

»Die Ravioli schmecken vorzüglich, Guido«, gab er dann immer zur Antwort. »Einfach köstlich!« Und dann warf er gewöhnlich eine Kußhand in Richtung der Servierschüssel.

»Aber ja. Alles schmeckt köstlich, wenn es die eigene Frau kocht. Mensch, Dino, was bist du nur für ein Trottel in deiner armseligen Hütte. Du hast eine Menge Geld gespart und was hast du nun davon? Gar nichts! Du lebst einsam und verlassen, hast graue Haare und kommst in die Jahre.« Dann wurde sein Tonfall plötzlich vertraulicher: »Dino, du mußt doch so fünfundzwanzig, dreißigtausend Dollar auf der hohen Kante haben, oder?«

Dino senkte den Blick, und wir litten mit ihm. Dino protzte nicht mit seinem Reichtum, aber er war auch nicht kleinlich. Für den Haarschnitt brauchten wir nie was zu bezahlen und jedesmal, wenn er uns besuchte, gab's für jeden einen Vierteldollar. Und an Weihnachten gab es tolle Geschenke.

Wirklich schlimm wurde es immer nach dem Essen. Erst half Dino Mamma und Clara beim Abwasch, danach setzte er sich zu Papa ins Wohnzimmer. Dort wartete Papa schon ungeduldig, voller Verachtung für einen ausgewachsenen Mann, der bei niederen Frauenarbeiten mithalf. Sie schlürften Anisschnaps und rauchten Zigarren. Nach dem Essen waren wir an der Reihe. Papa machte uns zum Werkzeug seiner Eitelkeiten.

Wir schlichen uns lieber in den hinteren Teil des Hauses, dort glaubten wir uns sicherer. Aber es gab kein Entrinnen. Er rief uns mit übertrieben herzlicher Stimme und wir kannten diesen bestimmten Unterton sehr wohl. Wir ließen unsere Spielsachen liegen und kamen mürrisch ins Wohnzimmer zurück. Dino tat uns leid, aber noch mehr beschäftigte uns, was uns nun bevorstand.

Papa saß gewöhnlich im riesigen Schaukelstuhl am Fenster, Dino auf dem Sofa neben dem Bücherregal. Wir marschierten dann wie Zinnsoldaten in die Mitte des Zimmers und blieben hilflos auf dem grauen Teppich stehen. Wir wußten ganz genau, daß der kräftige Rotwein jetzt seine Wirkung bei Papa nicht verfehlen würde. Papa saß da wie Nero auf dem Thron. Er drückte den Körper in den Schaukelstuhl, ließ die Arme über die Lehne baumeln und streckte die Füße von sich. Mike, Tony und ich wären vor Scham am liebsten im Boden versunken. Clara hatte es da leichter; sie war ein Mädchen und also für Papa nicht weiter wichtig.

»Da stehen sie«, fing Papa dann an, »meine Söhne. Mein Fleisch und Blut. Mein Werk, Dino. Ich hab' diese Jungs geschaffen, ich ganz allein. Mensch, Dino! So was schafft nur Vaterstolz. Schau sie dir einmal genau an: der klare Blick, das volle Haar, kräftig gebaut und eine gesunde Farbe. Sie tragen meinen Namen, sie machen mich unsterblich und retten mich vor dem Grab. Wenn ich einmal nicht mehr sein sollte, lebt mein Geist in ihnen weiter. Erst in ihnen, dann in ihren Söhnen und Enkeln.«

Wir standen unterdessen wie begossene Pudel da und sahen uns alle nur fragend an: Warum zum Teufel macht er das Ganze? Am schlimmsten erwischte es jedesmal den kleinen Tony, denn er war der jüngste und hübscheste. Papa rief ihn zu sich. Mit finsterer Miene schlurfte Tony zu Papa. Der hob ihn auf die Oberschenkel und hielt ihn fest. Jedesmal, wenn Tony sich losreißen wollte, packte er noch fester zu. Der arme Tony! Mike und ich machten uns schnell aus dem Staub, zurück nach hinten. Erleichtert fluchten wir vor uns hin: »Hol ihn doch der Teufel!« Nur Tony mußte bei ihm sitzenbleiben und auf seinen Knien hin und her hopsen. Dann wurde er noch in einem fort abgeknutscht. Das war das schlimmste, denn Papa rauchte diese starken Toscanelli-Zigarren. Wenn er dann endlich los kam, verzog Tony vor Ekel das Gesicht.

»Jetzt habe ich endlich eine Frau für Dino Rossi.«

Es war Papas Stimme. Wir lagen zu viert im Bett: Tony, in der Mitte Hugo, unser Airedale, dann Mike und außen ich. Clara schlief im Wohnzimmer auf dem Sofa. Papa war gerade aus dem *Little Italy Club* zurückgekehrt und wir hörten ihn nebenan mit Mutter reden. Wir hörten sogar, wie aus seiner Hose Münzen und Nägel klirrend auf den Boden fielen, als er sie auszog.

»*Du* hast eine Frau gefunden?«

Am Quietschen der Bettfedern merkten wir, daß sich Mamma im Bett aufsetzte.

»Warum nicht? Dino Rossi wird bald in den Hafen der Ehe einlaufen.«

»Und wann? Und mit wem?«

»Coletta Drigo«, gab Papa bekannt.

»Und *wer* ist bitte Coletta Drigo?«

»Na, eine Frau eben«, brummte Papa.

»Ich kenne sie nicht. Was ist sie für eine Frau?«

»Eine hübsche Frau. Und aus Chicago.«

»Ist Dino in sie verliebt?«

»Der weiß doch noch gar nichts von seinem Glück.«

Mamma rang nach Worten. Mike und ich setzten uns auf, damit wir mehr mitbekamen. Hugo stellte die Ohren hoch und fing an zu knurren. Mamma schien immer noch sprachlos zu sein. Lange Zeit war kein Muckser zu hören. Dann plumpste ein Schuh auf den Boden, kurz danach ein zweiter. Hugo leckte Tony das Gesicht, bis auch er sich aufsetzte. Dann hörten wir Papa barfuß durchs Zimmer gehen, das Klicken des Lichtschalters und wie er zurück ins Bett tippelte.

»Du bist nicht ganz richtig im Kopf«, fing Mamma wieder an. »Dino will gar nicht heiraten. Der fühlt sich ganz wohl so.«

»Tut er nicht.«

»Was ist sie nun für eine Frau?«

»Ach«, fing Papa an, »sie ist nicht übel.« Wer immer Coletta Drigo war, an der Art wie er das sagte, bemerkten wir, daß sie *übel* am allerwenigsten sein mußte. Papa gähnte. »Ich hab' sie heute Abend kennengelernt«, fuhr er fort. »Sie ist noch fremd hier. Und sie kommt morgen zum Abendessen. Dino übrigens auch.«

»Was?! Du meinst, sie kommt hierher? Zu uns?«

»Natürlich. Wohin denn sonst?«

Mamma sprang aus dem Bett und lief zum Lichtschalter. Der Lichtkegel fiel bis in unser Schlafzimmer, denn die Türe stand halb offen. »Ich will diese Frau nicht in meinem Haus haben! Hast du mich verstanden? Die setzt sich nicht an meinen Tisch, unter meinem Dach! Mit dieser Person will ich nichts zu tun haben.«

»Was meinst du eigentlich mit *mein* Haus, *mein* Dach?« fragte Papa. »*Mein* Tisch, hä? *Ich* bring hier das Geld nach Hause, *ich* bestimme, was hier gemacht wird.«

»Du hast mich ganz genau verstanden!« sagte Mamma. »Der arme, unschuldige Dino. Mir paßt das nicht!« Wir konnten das Rütteln der Schranktüre hören, lauschten, wie sie in ihren Morgenmantel und ihre Hausschuhe schlüpfte. Sie knipste das Licht im Flur an und erhellte damit den ganzen Raum. Wir hörten ganz deutlich, wie sie aufgeregt hin und her lief.

»Eine Frau für Dino!« schnaubte sie. »Was für eine blöde Idee!«

»Los, komm ins Bett!« rief Papa. »Vergiß nicht, daß ich morgen um sieben auf der Baustelle sein muß.«

Mamma drehte das Licht wieder aus und ging zurück ins Bett. Sie murmelte weiter vor sich hin. Mike und ich lagen im Dunkeln und spitzten die Ohren, Tony war längst wieder eingeschlafen. Hugo lag mit der Schnauze an Tonys Nacken und schnarchte. Mamma stöhnte und wälzte sich hin und her. Schließlich setzte sie sich wieder auf.

»Was ist denn jetzt wieder?« grunzte Papa.

»Sie wird nicht zu uns kommen. Ich will sie hier nicht haben!«

»Ich hab's dir doch schon erklärt. Sie kommt zum Abendessen und Dino kommt dazu. Es wird langsam Zeit, daß er heiratet. Und ich werde bei Gott dafür sorgen, daß er's endlich tut.«

»Ich werde einfach nichts kochen. Gar nichts.«

»Und ob du kochen wirst.«

Das ging dann so eine ganze Weile hin und her, bis Mike endlich einschlief und Hugo den Lärm nicht mehr aushielt, aus dem Bett sprang und zu seinem Schlafplatz hinter dem Küchenherd trottete. Ich lauschte aufmerksam ihren Stimmen in der Dunkelheit, aber ich konnte nichts Neues mehr über die sagenhafte Coletta Drigo erfahren. Mamma sprach mit tränenerstickter Stimme von ›dieser Frau‹ – niemals kam ihr der Name über die Lippen. Der Streit ging auch noch weiter, als ich langsam eindöste. Mamma bestand immer wieder darauf, daß sie für diese Frau nicht kochen würde, und Papa meinte, sie täte gut daran, es doch zu tun.

Diese Runde war an Papa gegangen. Papa hatte übrigens noch nie einen Streit mit Mamma verloren. Als ich am nächsten Tag von der Schule heimkam, merkte ich, daß er wieder einmal die Oberhand gewonnen hatte: Im ganzen Haus lag der herrliche Duft frischer Ravioli. Ravioli hatten in unserem Haus zwei Sachen zu bedeuten – entweder war Ostersonntag oder Weihnachten oder wir bekamen Besuch. Heute war weder Weihnachten noch Ostern.

Ein Blick auf Hugos traurige Augen und hängende Ohren genügte und ich wußte, daß man Mamma heute aus dem Weg gehen mußte. Hugo wollte nicht einmal mit ins Haus. Kaum stand ich in der Küche, drehte Mamma ihren roten, schwitzenden Kopf zu mir und jagte mich wieder hinaus. Ihre Schürze war mit Mehlklümpchen verschmiert und sie versuchte, sich eine Strähne aus dem Gesicht zu blasen.

»Ich hätte gern ein Brot mit Erdnußbutter.«

Sie hob den Arm und deutete zur Tür. Ich stand bewegungslos da. Sie ließ mich nicht aus den Augen, blies wieder auf ihre Strähne und zeigte immer noch auf die Tür. Mit einem Achselzukken trollte ich mich. Tony ging's nicht anders. Wie immer nach der Schule wollte auch er eine Schnitte mit Erdnußbutter – zwecklos. Selbst Mike kam mit leeren Händen zu uns in den Garten. Nur Clara bekam etwas. Sie blieb bei Mamma in der Küche. Schweigend und niedergeschlagen saßen wir unter dem Apfelbaum. Und alles nur wegen dieser Frau. Alles wegen Coletta Drigo.

Kurz vor sechs kam Papa nach Hause. Die Abenddämmerung tauchte den Garten in ein herrliches Rot. Papa ging mit seinen genagelten Schuhen durchs Haus und kurz darauf hörten wir, wie er beim Rasieren ein Lied pfiff. Der Gartenzaun warf lange Schatten. Keiner sagte ein Wort. Nach einer Weile hörte Papa auf zu pfeifen, nur Hugo winselte noch unruhig. Die Dunkelheit brachte eine seltsame Stille mit sich. Wir ließen das Küchenfenster nicht mehr aus den Augen und beobachteten, wie Mamma aufgeregt zwischen Tisch und Herd hin- und herlief. Papa kam schließlich nach draußen. Er hatte sich rasiert und gepudert und duftete wie ein ganzer Friseurladen. In der Hand hielt er ein Gläschen Wein. Er setzte sich auf die hintere Treppe und nippte an seinem Glas. Einmal schnalzte er kurz mit den Lippen in dieser trügerischen Stille, aber das war nur gespielter Mut. So wie er ratlos umherschaute, fühlte er sich wohl schuldig. Er schnippte mit den Fingern und rief Hugo zu sich. Hugo trottete gemächlich zu ihm hin.

Dann kam endlich Dino. Mamma steckte den Kopf aus der Tür und rief uns herein. Papa erhob sich ruckartig.

»Dino?« rief er. »Ist Dino gekommen? Nun sagt schon.«

Er tat ganz so, als wäre Dinos Besuch eine Überraschung für uns alle. In Wirklichkeit hatte er ihn ja selbst eingeladen. Wir kamen nach drinnen. Papa eilte in den Keller zu seinen Weinfässern, während Dino über den Herd gebeugt stand und den wunderbaren Duft von Mammas Tomatensoße einsog. Dino konnte eben mit Mamma umgehen. Sie kochte viel besser, wenn Dino zu Besuch war und er mit großen Gesten und leuchtenden Augen ihre Kochkunst pries.

Wir lehnten an der Küchenwand. Diesmal kam uns Dino ganz verändert vor. Hugo beschnupperte argwöhnisch seine Schuhe. Wie hatten uns nie sonderlich um Dinos Schicksal gekümmert, aber jetzt tat er uns leid. Wir wußten ja, was ihn erwartete: Eine Frau wollte sich unseren Dino schnappen. Uns war es eigentlich egal, aber immerhin ahnten wir, daß sich eine Katastrophe anbahnte. Als er unsere bekümmerten Gesichter sah, wollte er sich wohl nichts anmerken lassen. Mit ungetrübter Vorfreude rieb er sich die Hände.

»Auf geht's, ihr trüben Lichter!« stachelte er uns an.

Er fingerte sein ganzes Münzgeld aus den Hosentaschen und begann, es unter uns aufzuteilen. Es schien nicht aufzugehen. Mit einem ungeduldigen Lächeln kippte er die ganzen Münzen in Tonys Hände. »Teilt sie euch selber auf.« Wir bedankten uns ohne große Begeisterung und zogen uns in den vorderen Teil der Wohnung zurück. Dino blieb in der Küchentür stehen, kratzte sich am Kopf und fragte lächelnd:

»Was ist bloß mit den Jungs los?«

»Sie sind sicher schon müde«, erwiderte Mamma.

Aber wo blieb diese geheimnisvolle Coletta Drigo? Wir waren ganz gespannt vor Neugierde und verstummten schon beim leisesten Geräusch auf der Veranda. Hugo lag mit der Schnauze an der Türritze und wartete. Nur ab und zu knurrte er leise vor sich hin.

Papa goß sich und Dino Wein ein. Er sprach mit lauter, aber

unsicherer Stimme. Sichtlich darum bemüht, Dino abzulenken, holte er zu allen möglichen Themen aus. Papa war brennend an Dinos Gesundheitszustand interessiert, wie denn die Geschäfte gingen, ob er nachts gut schliefe und ob der Wein richtig temperiert sei. Wie wird wohl das Wetter die nächsten Tage? Falls Dino Mißtrauen schöpfte, verbarg er es gut. Er benahm sich wie immer – die Freundlichkeit in Person.

»Essen ist fertig«, rief uns Mutter. »Diese Person kommt natürlich zu spät.«

»Ist noch jemand eingeladen?« wollte Dino wissen.

Papa spielte den Überraschten.

»Ja – warum, Dino? Coletta Drigo kommt noch. Hast du das nicht gewußt? Hat dir Maria das nicht erzählt?«

»Kein Wort«, erwiderte Dino.

Papa blökte Mamma an: »Was soll das denn, Maria? Dino einfach nichts zu sagen! Ich hab' dir doch gesagt, du sollst ihm was sagen! Und überhaupt, wie stellst du dich wieder an?!«

Mamma verwandelte sich in einen Eisblock.

»Jetzt hör mir mal gut zu: Ich habe mit der ganzen Sache nichts zu tun, kapiert?! Aber rein gar nichts!«

Papas Gesicht lief zwar rot an, aber er zwang sich, ruhig zu bleiben. Schnell verließ er die Küche und kam zu uns nach vorne. Mit sorgenvoller Miene zog er den Vorhang zurück, kratzte sich hinter dem Ohr und blickte auf die Straße.

»Sie wird sicher jeden Augenblick kommen«, machte er sich Mut.

Wir ahnten, warum er nicht in der Küche geblieben war: Ihm war ein grober Schnitzer unterlaufen, und er war mittendrin, die ganze Sache zu vermasseln. Nur Dino blieb die Ruhe selbst, und damit wurde Papa nicht fertig. Wenn Dino wieder weg war, gab es sicher noch einen großen Krach. Papa fraß seinen Groll in sich hinein, aber Mammas mangelnde Mithilfe würde er nicht vergessen.

Er wollte gerade wieder zurück in die Küche, als Hugo plötzlich bellte. Vor dem Haus hielt ein Wagen. Papa lief zum Fenster zurück und spähte hinaus. »Sie kommt!« rief er. »Sie ist da!«

Während Papa und Hugo freudig nach draußen liefen, kamen Mamma und Dino mit verschüchterten Gesichtern aus der Küche. Wir standen auf und erreichten rechtzeitig die Tür, um Papa zu beobachten. Er umarmte eine Frau, die größer war als er, und küßte sie auf die Wange. Papa küßte eine andere Frau! Sogar Hugo war verwirrt.

In der Dunkelheit konnten wir ihr Gesicht nicht erkennen, aber im Schein der Straßenlaterne sahen wir ihre wohlgeformte und imposante Erscheinung. Arm in Arm kamen Papa und sie nach drinnen. Gebannt von ihrer Schönheit und Ausstrahlung starrten wir sie mit offenem Mund an – und sie schenkte uns ein strahlendes Lächeln.

Papa stellte uns vor: zuerst mich, dann Tony, dann Clara und schließlich Mike. Hugo stand hechelnd und wedelnd herum, aber niemand beachtete ihn. Er war ja nur ein Hund. Wir waren ziemlich stolz auf Papa, ein einfacher Maurer, der sich trotz allem in der Gegenwart der schönsten Frau, die wir je gesehen hatten, sehr wohl fühlte. Als sie meine Hand nahm und sie mit ihren schlanken, weichen Fingern drückte und ihre schweren, goldenen Armreifen wie Glocken läuteten, war ich so aufgeregt, daß ich laut kichern mußte.

Und dann beneidete ich Tony. Coletta nahm ihn in den Arm, drückte ihn an sich und fuhr mit den Fingern durch sein Haar. Tony war überwältigt vor Freude und lächelte beseelt. Er zögerte einen Augenblick, dann schlang er die Arme um ihre Taille und drückte sich mit geschlossenen Augen an sie.

Mamma und Dino kamen aus der Küche. Mammas Blick war wie versteinert, Dino sah neugierig herum. Mamma wischte sich die Hände an der Schürze ab und begrüßte Coletta: »Guten Abend.«

»Danke, gut«, erwiderte Coletta, »und Ihnen, Mrs. Toscana?«

Mamma antwortete nicht.

Sie waren beide etwa gleich alt, aber während man in Mammas Gesicht statt der fünfunddreißig gut fünfundvierzig Jahre ablesen konnte, erschien Coletta wie fünfundzwanzig. Mammas Gesicht war von vier Kindern gezeichnet, ja sogar von Hugo; man konnte darin Jahrhunderte voller Aufregung entdecken, Generationen voller Plackerei und eine Ewigkeit mit Arbeit und Sorgen. Keinerlei Anzeichen davon im Gesicht von Coletta Drigo. Weder Kinder, noch Ärger und Sorgen. Stattdessen war darin jugendliche Reife zu entdecken und ein aufregendes Leben, große Städte, schöne Zeiten und die ganze, wunderbare Welt; vor allem aber sah man ihre Schönheit, schwarzes Haar, dunkle Augen und ihre gebräunte Haut. Wenn sie ein Haustier hatte, dann sicher keinen Hund, sondern eine Katze – sicher eine Siamkatze.

So wie Dino neben Mamma stand, sah er mehr denn je wie einer von uns aus. Wie ein Bruder oder unser Onkel. Die schöne Coletta Drigo stand wie ein fremdes Wesen zwischen uns. Sie streckte Dino die Hand wie eine schutzbedürftige, weiße Taube entgegen und lächelte, als er sich die schwitzende Handfläche am Oberschenkel abwischte und ihr schließlich unschlüssig die Hand drückte. Er hielt sie kraftlos und beugte den Kopf leicht nach vorne, so daß sie seine beginnende Kahlheit entdecken konnte. Ihre dunklen Augen wurden größer, während sie ihn mit einem gewissen Blick musterte: »Das ist also der Bursche!«

»Ich freue mich, Sie kennenzulernen«, sagte Dino.

»Danke«, erwiderte sie. »Danke, Dino.«

So wie sie seinen Namen aussprach, klang er sehr bedeutungsvoll. Ein Ruck ging durch Dinos Körper und er lächelte glücklich und zufrieden. Nur Papa fuhrwerkte mit einem nervösen Grinsen herum. Wie er die Lage jetzt abschätzte, würde das Abendessen ein voller Erfolg werden.

Er schob einen Stuhl für Coletta heran. Sie schälte sich aus ihrem Pelz, als ob sie darunter nackt wäre. Mike, Tony und ich hielten den Atem an und starrten auf das schwarze Satinkleid, das darunter zum Vorschein kam. Plötzlich stürzten wir auf sie zu, um ihr aus dem Mantel zu helfen. Der Kampf endete unentschieden und acht Fäuste zerrten an dem schwarzweißen Pelz. Schließlich grub auch Hugo noch seine Zähne in einen herabhängenden Ärmel und zerrte daran, bis ihm Papa eine draufgab. Wir trugen den Pelzmantel in Mammas Zimmer und drapierten ihn aufs Bett. Mike drückte ihn an sich und vergrub sein Gesicht im weichen Kragen.

»Gütiger Himmel! Riech mal!«

»Das ist Parfüm«, sagte Clara.

Hugo mußte niesen.

Dieses Abendessen sollten wir so schnell nicht vergessen. Papa bestand darauf, daß sich Dino neben Coletta setzte, aber der hatte sich bereits zwischen Mike und mich plaziert. Mamma kam aus der Küche und warf einen eisigen Blick auf Coletta.

»Ich hab' heute keinen Hunger«, sagte Mamma. »Ich bring' keinen Bissen runter.« Sie saß normalerweise zwischen Papa und Dino, so daß ihr Platz jetzt leer blieb.

»Na gut!« platzte Papa heraus. »Macht nichts. Coletta, Sie nehmen heute den Platz meiner Frau ein. Dino, los komm rüber und setz dich neben Coletta!«

Coletta erhob sich und glitt mit Grazie auf Mammas Stuhl. Bei jeder ihrer Bewegungen hatten wir das Gefühl, als stünde sie nackt vor uns. Dino war zwar sehr höflich, aber er machte keine Anstalten, den Platz zu wechseln. Er legte die Arme auf unsere Schultern und umarmte Mike und mich.

»Mir gefällt's hier«, sagte er, »zwischen meinen beiden Jungs.«

»Du bist mein Gast!« Papa trommelte ungeduldig mit den Fäusten auf den Tisch. »Du sitzt dort, wo ich's dir sage.«

Coletta senkte den Blick.

»Vielleicht will Dino gar nicht neben mir sitzen«, hauchte sie.

Dino sprang auf und verbeugte sich galant.

»Bitte verzeihen Sie mir«, sagte er mit höflicher Geste. »Ich wollte Sie nicht beleidigen, Signora Drigo. Es wäre ein großes Vergnügen für mich, neben ihnen zu sitzen.«

»Jetzt machst du den Mund auf!« schimpfte Papa. »Also los, setz dich dorthin und laß uns jetzt essen. Ich bin hungrig wie ein Löwe. Maria!«

Mamma kam aus der Küche.

»Was gibt's?«

»Wo bleibt das Essen!« Seine ganze Höflichkeit war verschwunden. »Was glaubst du wohl, worauf wir hier warten?«

Wortlos stellte Maria die verschiedenen Gerichte auf den Tisch. Huhn nach Jägerart, Ravioli, Gemüse und Salat. Ihr Gesicht wirkte fahl und versteinert; ihre Augen starrten ins Leere. Keiner sagte einen Ton. Ein Wort von ihr oder ein Lächeln und das Essen wäre gerettet gewesen. Stattdessen wurde es ein Desaster. Jedesmal, wenn sie aus der Küche kam, wagte keiner einen Bissen. Wenn sie wieder draußen war, versuchte Papa krampfhaft, das Gespräch in Gang zu bringen. Das vergrößerte seine Anspannung nur. Das Abendessen war gelaufen. Jeder hatte es bemerkt, und ganz besonders Coletta.

Außer Dino. Dino war wie immer. Keine Spur von Betroffenheit, immer nur sein eilfertiges Lächeln und sein milder Blick. Während wir alle mit der Gabel im Essen herumstocherten, nahm er von allem zwei Portionen und kaute und schluckte mit seiner üblichen abgöttischen Bewunderung für Mammas Kochkunst.

Als Nachtisch gab es Schokoladenkuchen. Schokokuchen! Der zauberhafte Schokoladenkuchen von Mamma. Normalerweise würden wir uns dafür umbringen, aber an diesem Abend wollte keiner von uns auch nur ein Stückchen. Niemand nahm Kuchen. Nur Kaffee. Sogar Coletta nahm keinen Kuchen zum Kaffee.

Außer Dino. Ungeduldig beobachteten wir ihn bei seinem ersten Stück, dann beim zweiten. Jeden Bissen nahm er mit einem Ausdruck der Bewunderung. Coletta saß da mit hochgerecktem Kinn und einem tapferen Lächeln. Irgendwann einmal öffnete sie ihre Handtasche, nahm ein Päckchen Zigaretten heraus, betrachtete es kurz und steckte es resignierend wieder weg. Coletta tat uns wirklich leid. Mammas Schweigen erniedrigte sie und damit wirkte sie irgendwie verloren, wie ein verletzter, schöner Vogel. Wir schämten uns für Mammas Sturheit. Selbst Papa tat uns leid, immer wieder unterbrach er die bedrückende Stille mit pathetischen Ausrufen wie »Hervorragendes Essen!« oder »Was für ein Festmahl!« oder »Das Beste, was ich je gegessen habe!«. Nur für Dino hatten wir kein Mitgefühl mehr, denn er hatte den Appetit eines Ferkels.

Als er endlich das letzte Stückchen Kuchen genommen hatte, stellte Mamma unsere leeren Teller zusammen. Dino stand sofort auf, um ihr zu helfen.

»Bitte Dino, mach dir keine Umstände.«

»Aber Maria, das ist doch wohl das mindeste nach so einem ausgezeichneten Mahl.«

Papa nickte in Richtung Coletta.

»Das haben wir gern! Nicht genug, daß er sich weigert, neben unserem Ehrengast Platz zu nehmen, jetzt will er uns auch noch alleine lassen, um meiner Frau bei einem Stapel schmutziger Teller zu helfen!«

»Wir könnten ja alle mithelfen«, schlug Dino vor.

»Aber natürlich«, stimmte Coletta zu und stand auf.

Aber Mamma wollte das nicht. Sie wollte Coletta Drigo schlicht und einfach nicht in ihrer Küche haben. Die Debatte endete damit, daß Mamma und Clara die Arbeit machten und wir anderen ins Wohnzimmer wechselten. Als sich Coletta aufs Sofa setzte, strich sie mit den Händen über ihre Hüften und glättete sich das Kleid. Papa ließ sich neben sie fallen. Wir legten uns auf dem Teppich auf den Bauch und hefteten unsere Augen auf diese wunderschöne Frau. Sie hatte jetzt die Beine übereinander gelegt und ihre seidigen Knie leuchteten wie goldene Apfelsinen. Wir beobachteten sie voller Freude und Bewunderung. Hugo hielt den Kopf aufgerichtet und spitzte die Ohren. In der anderen Ecke des Zimmers hatte Dino den Schaukelstuhl entdeckt. Er hatte sich eine Zigarre angezündet und blies den Rauch nun sachte aus den Mundwinkeln.

»Was machst du denn da drüben, Dino?« fragte Papa. »Warum benimmst du dich nicht wie ein vornehmer Herr und setzt dich neben Coletta?«

Verunsichert betrachtete Dino seine Zigarre.

»Ich hab's gleich gemerkt, Dino mag mich nicht«, jammerte Coletta. »Ich merke es schon den ganzen Abend.«

Dino war peinlich berührt. Er stand auf und schlug sich mit beiden Händen auf die Brust. »Bitte verzeihen Sie mir, Signorina. Ich bin so ungehobelt. Mir fehlen einfach die richtigen Umgangsformen. Sie merken doch, daß ich nicht oft in Gesellschaft einer so schönen Frau bin. Es ist natürlich eine Ehre für mich, wenn ich neben Ihnen sitzen darf. Wenn Sie erlauben.«

Sie nickte sanft und er setzte sich aufgeregt neben sie, auf alles gefaßt.

»Da hat er recht, Coletta«, sagte Papa. »Das ist die Wahrheit, denn er versteht wirklich verdammt wenig von Frauen.«

Papa wurde plötzlich wieder betont freundlich. Er reckte sich, schlug die Beine übereinander und legte beide Arme auf die Sofalehne. Und wie zufällig landete dabei sein rechter Arm auf Colettas weicher Schulter. Er zog ihn nicht zurück, sondern fuhr mit dem Handrücken sanft über ihre weichen Linien.

»Kennt ihr den vom Eismann und der Frau, die gerade ein Bad nahm?«

»Nein, erzählen Sie«, bat Coletta.

Papa streifte die Zigarre ab. »Also, diese Frau badete gerade. Sie war natürlich völlig nackt, und als sie plötzlich den Eiswagen hörte, fiel ihr ein, daß sie das Eisschild nicht aufgestellt hatte. So lief sie schnell nach unten, splitternackt, um das Schild ins Fenster zu stellen. Plötzlich hörte sie jemand kommen, versteckte sich rasch in der Rumpelkammer, denn sie war ja immer noch völlig nackt. Aber es war überhaupt nicht der Eismann, es war der Stromableser, der den Zählerstand wollte und die Tür zur Kammer öffnete. Splitterfasernackt wie sie nun mal war, sagte sie: ›Oh, ich dachte, Sie wären der Eismann!«

Coletta lachte und hielt sich die Hände vors Gesicht. Dino saß mit verschränkten Armen da und grinste; es war klar, daß er den Witz nicht verstanden hatte, genauso wenig wie wir. Papa dachte sich gleich den nächsten aus.

»Habt ihr schon mal den von dem Bauern, der heiraten wollte, gehört?«

»Nein«, antwortete Coletta wieder, »erzählen Sie.«

»Nun gut, dieser Bauer wollte also heiraten.« Papa machte eine Pause und sah prüfend in die Runde, als ob er heimliche Lauscher befürchtete. Er sah uns drei auf dem Boden. Er tat so, als hätte er uns die ganze Zeit nicht entdeckt.

»Was zum Teufel macht ihr Bengels hier?«

Wir hatten uns an Colettas Schönheit ergötzt und waren auf so eine Frage nicht vorbereitet. »Haut bloß ab!« sagte er. »Geht nach draußen zum Spielen.«

Wir robbten rückwärts ins Eßzimmer, wo Mamma mürrisch das Geschirr zusammenstellte. Sie sah aus, als sei ihr das Blut aus den Adern gewichen. Wir bewegten uns nicht weiter und lauschten dem weichen Klang von Colettas Stimme.

»Das gilt auch für dich, Hugo! Los, raus hier.«

Hugo trollte sich widerwillig und sah verächtlich über seine Schulter zurück. Plötzlich spürten wir alle ein seltsames Gefühl im Rücken. Auch ohne sie zu sehen, merkten wir, was los war, spürten wir diesen stechenden Schmerz. Wir drehten uns um und sahen sie in der Küchentüre stehen: Mamma schien um Jahrhunderte gealtert, die abgearbeiteten Hände unter der Schürze versteckt, ihre Falten im Gesicht wirkten wie ausgetrocknete Flußläufe als Zeichen ihrer verlorenen Schönheit.

Auch ich war einmal so schön wie Coletta, konnten wir auf ihren sprachlosen Lippen ablesen. Aber all das, was ich einmal war, habt ihr vier und er da aufgezehrt. Und jetzt steht ihr da, Last und Lohn zugleich. Wir ahnten ihre Worte, wir konnten sie aber nicht verstehen und waren verwirrt und aufgeregt. Wir wollten nicht mit ihr leiden und stahlen uns durch die Hintertür davon. Und während Papas Gelächter das Haus erschütterte, liefen ihr Tränen die Wangen hinunter. Nur Clara war bei ihr geblieben und hielt ihre Hand.

Auf Zehenspitzen schlichen wir ums Haus herum, mitten durch die Erdbeer- und Minzrabatten, bis vor das Wohnzimmerfenster. Mike und Hugo – und natürlich auch ich – waren groß genug, aber Tony reichte selbst auf Zehenspitzen nicht bis zum Fensterbrett. Wir versuchten, ihn zur Ruhe zu bringen, denn er krächzte und tobte: »Will was sehen, will was sehen!« Schluchzend zerrte er an unseren Hemden, riß schließlich Mike um und wollte gröhlend etwas von uns zum Draufstellen haben. Tony war am Durchdrehen: Er raufte sich die Haare und biß sich wie ein Geisteskranker in die Finger. Ich holte ihm schließlich eine Holzkiste aus dem Kohlenschuppen. Er war sofort ruhig, als er endlich die schöne Coletta Drigo bewundern konnte. Die letzten Tränen kullerten über sein Gesicht.

Ich erschauderte bei dem, was ich sah. Coletta saß mit übereinandergeschlagenen Knien noch immer zwischen Papa und Dino. Vom Fenster aus konnte ich ihre Knie besser sehen. Und das brachte mich ziemlich durcheinander; ich sah ihre weichen Rundungen, die in goldene Seide gehüllt waren. Es war zwar eine Sünde, aber diesen Anblick wollte ich ganz allein genießen; die Anwesenheit von Mike, Tony und Hugo störte mich nur. Daß Mike vielleicht dieselbe Ansicht genoß, ärgerte mich; vielleicht auch noch Tony, aber der war noch so klein. Bei diesem Gedanken wollte ich Mike eins auf die Nase geben, diesem teuflischen kleinen Narr.

»Wieso haust du nicht ab?« fuhr ich ihn an.

»Damit du das Fenster ganz für dich alleine hast? Nichts da! Wir bleiben, oder, Jungs?«

Hugo bellte und Tony warnte uns: »Gleich heule ich wieder.«

»Okay«, gab ich auf und kniff ihn bösartig in den Arm und schubste Hugo weg. »Dann bleib doch wo du bist.« Hugo erwischte mein Hosenbein und zerrte knurrend daran. Ich gab ihm einen Klaps und er ließ los.

Papa war am Reden. Aber nicht nur das, er hatte seine Hand auf Colettas Knie gelegt und tätschelte es mit lautem Lachen. »Und kaum war Pat unter dem Bett, kam Mike herein.« Papa beugte sich vor und prustete vor Lachen, während er ihr Knie weiter tätschelte und drückte. Sein Lachen war ansteckend. Coletta lachte, dann Dino und schließlich lachten auch wir drei draußen vor dem Fenster; sogar Hugo bellte vor Freude und keiner wußte warum. Wir lachten, bis Tony von seiner Kiste fiel und sich auf dem Rasen kugelte, er hielt sich den Bauch vor Lachen. Hugo krabbelte auf ihm herum, knurrte vergnügt, während drinnen immer lauter gelacht wurde, gröhlend und unverständlich.

So schnell wie es begonnen hatte, war es auch wieder vorbei; ich dachte erst, Mamma und Clara seien ins Zimmer gekommen, aber dem war nicht so. Tony kletterte wieder auf die Kiste. Scheinbar gab es jetzt nichts mehr zum Lachen, denn die Gesichter von Papa und Coletta waren wie versteinert; Coletta polierte sich die Fingernägel am Oberschenkel und schien mit dieser Aufgabe sehr beschäftigt zu sein. Papa hatte die Hand von ihrem Knie weggenommen. Er saß jetzt da wie Dino, die Hände verschränkt und schob seine Zigarre zwischen den Zähnen hin und her. Dino selbst lächelte wie immer und war froh, daß er dabeisein durfte.

Die Stille fiel auf. Dino deutete zur Küche. »Was Maria wohl macht? Ich glaube, wir sollten ihr helfen.«

Sie lauschten, bis sie das Schlagen der Pfannen im Spülwasser hörten. Dino stand mit einer kurzen Verbeugung auf.

»Wenn Sie mich jetzt bitte entschuldigen.«

Die beiden sahen ihm nach; kurz danach hörten wir ihn in der Küche mit Mamma und Clara sprechen und wir wußten, daß er ihnen beim Abwasch half. Papa und Coletta waren jetzt allein. Durch den Rauch seiner Zigarre zwinkerte er Coletta zu. Er beugte sich zu ihr und sprach mit leiser Stimme. Vom Fenster aus konnten wir nichts hören. Mit dem rechten Auge schielte er, während er sprach, und es war klar zu erkennen, daß sie über Dino redeten. Papa hatte so eine Art, daß er bei jedem Thema anders schielte. Wir blickten ihm ins Gesicht und wußten, daß er über Politik sprach. Oder über Krieg. Oder über Frauen. Oder Geld. Jetzt erkannten wir, daß Papa über Geld redete. Nicht über sein Geld – wir hatten ja nichts – nein, über das Geld von Dino. Er nickte immerfort mit dem Kopf und sein Blick wurde schärfer. Coletta spielte mit den Reifen an ihrem Handgelenk und lächelte versonnen. Wir sahen uns an und mißbilligten stillschweigend das, was wir da sahen, auch wenn wir nichts hören konnten.

Und kaum hatte Papa Schritte gehört, war er schon aufgestanden. Wir hörten ihn jetzt mit ziemlich lauter Stimme sprechen: »Und so hab' ich ihm dann gesagt, George, hab' ich ihm gesagt, was wir in dieser Stadt brauchen, ist ein rechtschaffener Bürgermeister; denn wenn wir an der Spitze keine Ehrlichkeit haben, wie können wir sie dann beim einfachen Volk erwarten.«

Mamma kam ins Zimmer, warf die Haare zurück und glättete sie mit ihren geröteten Händen. Ihr kalter Blick traf Coletta und Papa. Sie hatte zu all dem nichts zu sagen. Coletta erhob sich.

»Ich muß jetzt gehen. Es war ein wunderbares Abendessen, Mrs. Toscana. Es war einfach köstlich.«

Papa grinste. Es war ihm anzumerken, wie sehr er sich geehrt fühlte. Er nahm Mamma in den Arm und tätschelte ihren Hintern. »Sie haben ja gar nicht richtig gegessen, Coletta. Das alte Mädchen kann wirklich ausgezeichnet kochen.« Dann lachte er drauf los. »Was glauben Sie, warum ich sie geheiratet habe? Sie sieht vielleicht nicht so gut aus wie Sie, aber kochen kann sie, Junge, Junge!« Mamma löste sich von ihm, bleich und schmal im Gesicht. Dino nahm Mammas Hände, beugte sich über sie und küßte sie ganz leicht mitten auf ihre Innenflächen.

»Danke, Maria. Diese müden, kleinen Hände haben viel zuviel Geduld mit uns.« Mammas Blick verlor an Schärfe und sie lächelte zum ersten Mal. »Danke, Dino.«

Papa ging hinaus und holte Colettas Pelz. Mit leuchtenden Augen hielt er den Pelz in Händen und fuhr fasziniert durch das weiche Fell. Ehrfürchtig streckte er ihn Coletta hin, so, als hielte er ein Sagentier in beiden Händen. Coletta strich wie ein schwarzer Panther durch den Raum und holte ihr Taschentuch vom Sofa. Wir alle, die im Haus und wir draußen am Fenster, verfolgten mit Staunen und Bewunderung ihre zauberhaft schönen Bewegungen.

Papa durchbrach die Stille: »Wenn Sie schon Richtung Stadt fahren, Coletta, dann könnten Sie doch Dino ein Stück mitnehmen?«

»Aber natürlich!«

Dino hatte plötzlich tausend Ausreden: Es wäre zuviel Aufwand, ihm wäre jetzt eigentlich nach einem Spaziergang, er liebe die kühle Nachtluft, brauche Bewegung und überhaupt, seine Wohnung sei gar nicht weit weg. Wir verließen unseren Fensterplatz, denn das Auto stand direkt vor dem Haus. Schnittig glänzte es im Nachtlicht, wir waren total begeistert. Wie gegossen für Coletta, und es gehörte zu ihr, wie ihr schwarzes Haar, ihr dunkler Pelz und ihre katzenartigen Bewegungen.

Dinos Einwände halfen nichts. Papa und Coletta nahmen seinen plötzlichen Bewegungsdrang nicht ernst, und als ihm Papa seinen Hut gab, zuckte Dino verzweifelt mit den Achseln.

»Los, ihr beiden«, grinste er. »Raus hier!«

Er nahm Dinos linken Arm und hakte ihn bei Coletta unter. Hilfesuchend sah Dino zu Mamma. Sie verstand ihn zwar, konnte ihm aber auch nicht helfen. Verschämt senkte Coletta den Blick und sah zu Dino hinab. Sie war größer als er – in jeder Beziehung.

»Dagegen können wir beide wohl nichts machen, nicht wahr, Dino?« Und Dino lächelte nur noch, um seine Verlegenheit zu verbergen. Papa umarmte beide von hinten und schob sie zusammen Richtung Tür.

»Los jetzt, ihr beiden! Da draußen warten Mond und Sterne darauf, daß ihr euch ein bißchen näher kennenlernt.«

Tony sah zum Himmel.

»Von was redet er eigentlich? Nirgendwo sind Sterne zu sehen.«

»Und auch kein Mond«, sagte Mike.

»Halt's Maul!« fuhr ich ihn an.

Wir hörten sie vorne an der Eingangstür. Wir rannten ums Haus und warfen uns aufs Erdbeerbeet. Coletta und Dino verließen Arm in Arm die Veranda und gingen zum Wagen. Dino versuchte vorsichtig den Arm zurückzuziehen. Papa bemerkte es sofort von der Veranda aus.

»Laß das, Dino! Was ist los mit dir? Kannst du dich denn nicht für fünf Minuten wie ein Kavalier benehmen?« lachte er.

Wir schämten uns so sehr wegen Papa, daß wir unsere Gesichter im Erdbeerbeet vergruben. Ich war richtig angewidert und biß vor Zorn in ein Grasbüschel. Als die beiden die Straße erreichten, zog Dino doch noch seinen Arm zurück, ging voraus zu dem riesigen Wagen und öffnete mit einem Ruck den Schlag. Aber Coletta entdeckte Dino erst wieder, als sie an der Riesenkarosse vorbei war und bei der zerbeulten, alten Kiste dahinter anhielt. Dieses Wrack war ein alter Ford mit zerschlissenem Verdeck, kaputten Kotflügeln und abgeblättertem Lack. Diese alte Mühle hatten wir vorher gar nicht bemerkt.

»Nein, Dino, hierher. Das hier ist mein Auto. Ich armes Luder.«

Wir waren wie vor den Kopf gestoßen. Es war uns jetzt egal, ob uns jemand sah oder nicht. Coletta setzte sich hinters Steuer, Dino daneben. Der Motor startete mit einigen Fehlzündungen und die Starterklappe quietschte fürchterlich. Der Wagen rumpelte die Straße hinunter, Hugo rannte bellend hinterher. Wir standen im Qualm der Auspuffgase, die sogar das Nummernschild verdeckten.

»So eine Schwindlerin«, fing Mike an.

»Ich hasse sie«, sagte Tony.

»Aufgeblasene Gans!« war mein Kommentar.

Hugo kam zurück und beschnupperte geschäftig den leeren Parkplatz. Und als er schließlich in ihre Richtung sah, stellten sich ihm die Haare auf und er knurrte drohend.

Die Woche nach Colettas Besuch war unser Haus ein ziemlich schwieriger Ort zum Leben. Mamma vernachlässigte ihr Haar, sie nahm keinen Gesichtspuder mehr und trug nur noch ihr blaues Baumwollkleid mit den blauen Tupfen. So lief das eben in unserem Haus. Immer wenn Mamma und Papa Streit hatten, ließ sie sich gehen und vernachlässigte ihr Äußeres.

Und das genaue Gegenteil von Papa. Mehr denn je putzte er sich heraus. Er fing an, seine Schuhe zu wienern und pfiff die ganze Zeit, als ob abends etwas ganz Besonderes bevorstand, wie ein Ball oder ein Bankett im *Little Italy Club*.

Während Mamma das Abendessen zubereitete, war er dann immer ausgesprochen nett zu uns, gab Clara einen Nickel fürs Ausbürsten seines Anzugs oder fürs Zigarrenholen. Wenn er Streit mit Mamma hatte, rauchte er immer eine »Chancellor« für zehn Cent das Stück. Durch das ganze Haus zogen dann wohlriechende Rauchschwaden. Während des Essens tänzelte er in seinem weißen Hemd ohne Krawatte herum, lachte und unterhielt sich mit uns und erzählte spannende Geschichten von früher, als Männer noch Männer waren, die Maurer noch wirkliche Künstler und wie er mit seiner Hände Arbeit eine ganze Kirche erbaut hatte.

Dafür vergötterten wir ihn: Er war aufregend und jede unserer Fragen beantwortete er mit einer tollen Geschichte mit unglaublichem Ausgang. Mamma nervte manchmal dabei, wenn sie mitten in einer Geschichte den Stuhl zurückschob und den Tisch verließ. Ein Schatten verfinsterte sein Gesicht, und wir bettelten inständig, die Geschichte weiter zu erzählen. Dann schüttelte er versonnen den Kopf und fragte uns: »Äh, wo war ich stehengeblieben?« Wir sagten es ihm, er seufzte und erzählte uns den Rest.

Allerdings waren seine Geschichten besser, wenn Mamma dabei zuhörte. Wir konnten einfach nicht verstehen, warum Mamma weiter auf ihn böse war; manchmal machten wir ihr sogar Vorwürfe, auch wenn wir eigentlich froh waren, daß sie Streit hatten. Schließlich bekamen wir sonst nie Geschichten aus seiner Vergangenheit zu hören, außer eben, wenn sie nicht gut aufeinander zu sprechen waren. Für mich war das damals eine große Sache und ich hielt Mamma für verrückt. Wenn ich sie wäre, könnte ich einem so aufregenden Mann wie Papa niemals böse sein.

In der vierten Nacht nach Colettas Besuch kam Papa betrunken nach Hause. Es muß so gegen fünf Uhr morgens gewesen sein, denn als wir aufwachten, sahen wir durchs Schlafzimmerfenster schon die Morgendämmerung. Wir hörten ihn singend durch das Wohnzimmer torkeln, »*La Donna è mobile*«. Plötzlich hörten wir das Krachen von Möbeln, dann war wieder Ruhe. Wir machten die Lichter an, sprangen aus dem Bett und rannten zusammen mit Mamma ins Wohnzimmer. Papa lag rücklings auf dem Teppich, streckte alle viere von sich und grinste. Hugo kam hinzu und leckte Papa an der Nase. Papa versuchte, ihn zu küssen. In der Ecke kullerte noch Mikes Fußball hin und her. Dort war er gelandet, nachdem Papa auf ihn getreten war. Wir sahen, daß er nicht verletzt war, sonst hätte er nicht so glücklich gelächelt. Hugo trottete angewidert davon, nachdem er Papas Atem gerochen hatte.

»Papa ist betrunken«, sagte schließlich Tony und wir sahen uns grinsend an. Der gute alte Papa, glücklich und mit einem Doppelkinn. Wir lächelten weise und fühlten uns klug und erwachsen. Papa war oft betrunken. Und er war großzügig, wenn er getrunken hatte. Mamma sah das anders, sie verabscheute ihn dafür. Mit zusammengebissenen Zähnen sah sie auf ihn herab.

»Schaut ihn euch an«, sagte sie. »Schaut euch diesen schamlosen Mann an, Vater von vier unschuldigen Kindern!«

Wir verteidigten Papa, denn es gefiel uns nicht, wenn sie uns unschuldig nannte. Mike meinte sogar zu Mamma: »Ein Mann hat das Recht, sich ab und zu zu betrinken.«

»Los, wir wecken ihn auf«, schlug Tony vor. »Vielleicht gibt er uns etwas Geld.«

»Schaut mal!« rief Clara. »Sein ganzes Hemd ist voller Blut.«

Wir fielen auf die Knie. Tony und Mike fingen an zu heulen und Hugo winselte. »Papa ist verletzt«, sagte Mike. »Unser Papa ist verletzt, er ist tot, er ist tot.« Ich fuhr ihn an, daß er Ruhe geben sollte, und während Mamma Papas Mantel aufknöpfte, hörten sie vor Aufregung zu heulen auf.

»Das ist aber ein komisches Blut«, sagte Clara, »sieht so rosa aus.«

Unterhalb von Papas Kragen waren Abdrücke von Lippenstift, der Kußmund einer Frau. Mike, Tony und Clara kapierten nichts, aber Mamma und ich wußten, was los war. Wir sahen uns an, aber ich konnte ihrem zornigen Blick nicht lange standhalten. Ohne ein Wort ging sie zurück ins Schlafzimmer. Sie warf sich aufs Bett und blieb stumm und starr liegen.

»Irgendjemand muß ihn gebissen haben«, sagte Tony.

Papa wurde für einen Augenblick wach, grinste, schaute herum und fragte nach der Zeit. Wir sagten sie ihm und Tony fragte: »Papa, bist du jetzt tot oder nicht?« Heiter schüttelte er den Kopf und schloß wieder die Augen. »*La Donna è mobile*«, fing er wieder an, aber die Zunge war ihm zu schwer und so summte er sich zufrieden selbst in den Schlaf. Mit seinen dicken, abgearbeiteten Fäusten ließ er Tonys kleine Hand nicht mehr los, als ob er ein Küken beschützen wollte.

»Papa«, sagte Mike, »kann ich einen *dime* haben?«

»Na klar. Alles was du willst. Komm nur zu Papa, wenn du was brauchst und schon kriegst du es. Denn dein Papa liebt dich viel mehr als deine Mutter.«

»Gib ihn mir«, fing Mike wieder an.

Papa tastete an seiner Hose entlang und suchte die Taschen. Tony half ihm gerne dabei und führte Papas schlaffe Hand in seine Hosentasche. Dort blieb sie, denn Papa war sofort eingeschlafen und obwohl wir versuchten, ihn wachzurütteln, schlummerte er weiter. Mike nahm seine hohlen Hände zu Hilfe und rief Papa ins Ohr: »Was ist jetzt mit meinem *dime*?«

Alles vergeblich. Er schlummerte mit einem breiten Grinsen auf dem Gesicht, und es dauerte nicht lange, da schnarchte er laut. Seine Hand war nicht mehr zu bewegen. Wir überlegten, ob wir ihm Wasser ins Gesicht schütten sollten, aber dann hatten wir Angst, daß er dadurch wieder nüchtern werden würde und er seinen Streichriemen als Antwort holen könnte. Wir schubsten ihn gerade auf dem Boden hin und her und Hugo zog an seinen Schuhen, als Mamma ins Zimmer zurück kam. Sie hatte geheult. Vorsichtig nahm sie seine Hand aus der Tasche und zog ein paar Münzen hervor. Sie gab jedem von uns einen *dime* und ging ins Bett zurück.

Nach einiger Zeit rief sie mich. Ich stand auf und sah ins helle, kalte Morgenlicht. Sie hatte ihn ausgezogen, ihm ein Kissen unter den Kopf gelegt und ihn auf dem Boden zugedeckt. Seine Kleider lagen zusammengefaltet auf dem Schaukelstuhl. Alles bis auf sein Hemd, das sie zusammengeknüllt und ins Eck geworfen hatte.

»Du hast gesehen, was das war?« fragte sie mich.

»Ja, aber ich sag's niemand.«

»Du bist ein guter Junge.« Obwohl sie mit ruhiger Stimme sprach, hatte sie Tränen in den Augen.

»Das ist dieses Weib«, sagte sie. »Ich weiß, daß sie es ist.«

»Es ist sicher nichts Ernstes.«

»Vielleicht nicht. Ein Kuß – nichts Besonderes. Aber was er mir hier antut, ist etwas Ernstes«, sagte sie und faßte sich ans Herz. Papa wachte auf, grummelte und rollte mit seinen Decken über den Boden.

»Was ist hier denn los?« sagte er. »Was machen denn die ganzen Frauen hier in meinem Bett?«

Ich mußte lachen. Mamma tat mir leid, aber als ich zurück ins Bett ging, mußte ich über Papas Worte lachen.

Um sieben standen wir auf und machten uns für die Schule fertig. Papa lag nicht mehr am Boden. Wir sahen ins Schlafzimmer, aber da war er auch nicht. Wir frühstückten in der Küche. Mamma polierte den Herd. Sie arbeitete wie wild, der Schweiß hing wie ein Nebelschleier auf ihrer faltigen Stirn. Der Herd war sehr heiß, an einigen Stellen sogar rotglühend, und in der Küche lag der beißende Geruch von Eisen und verbrannten Lumpen. Wir setzten uns an den Tisch und stopften uns mit Eiern und Toast voll.

»Wo ist Papa?« fragte Clara.

»Er ist weggegangen«, schnaubte Mamma. »Er ist zur Arbeit.«

Mike hielt sich die Nase zu.

»Pfuiiiii! Irgendetwas stinkt hier!«

Wir sahen auf den Lumpen in Mammas Hand. Mike, Tony und Clara bemerkten nichts. Aber an dem, was von den Knöpfen übriggeblieben war, erkannte ich Papas Hemd von letzter Nacht. Ich warf Mamma einen Blick zu.

Ihr Gesicht leuchtete vor Rache. Mein Toast kratzte plötzlich wie Sand in meinem Hals. Es erschreckte mich und ich mußte wegsehen.

In der Schule hatten wir Chorstunde, und so kam ich erst gegen sechs nach Hause. Papa saß schlafend in seinem Schaukelstuhl auf der Veranda. Er schlief mit offenem Mund, die Augenlider waren schwer und sein Henkelmann stand neben ihm auf dem Boden. Die zementverschmierten Arme und Hände zeigten, wie hart er heute gearbeitet hatte. Unter seinem Hut lugte eine Haarlocke hervor, verschwitzt und doch großartig.

Es tat mir weh, so wie ich Papa da sah – mit zerschundenen Händen und Knochen und erschöpft nach Jahren der Plackerei. Es tat mir in der Seele weh, ein stechender Schmerz in der warmen Abenddämmerung. Und plötzlich haßte ich Mamma.

Ich lief in die Küche und warf meine Bücher in die Ecke. Es roch nach Fisch, freitags gab es gebackenen Fisch. Mamma stand am Herd mit demselben verdrossenen Gesicht wie am Morgen.

»Warum tust du das?« fragte ich sie. »Warum läßt du ihn alleine da draußen? Er ist einsam. Warum unterhältst du dich nicht mit ihm?«

Sie gab keine Antwort.

»Du bist ungerecht. Du behandelst ihn schäbig. Er hat nichts Schlimmes angestellt. Schau mal, wie schwer er jeden Tag arbeitet.«

Sie nahm den Topf mit den kochenden Kartoffeln vom Herd und trug ihn zum Sieb im Ausguß. Der Dampf verbarg ihr Gesicht.

»Geh mir bitte aus dem Weg«, sagte sie. Ich beobachtete sie, während sie die Kartoffeln zerdrückte. Ihr Gesicht blieb starr, die schmalen, strengen Lippen unverändert. Ich verstand sie nicht mehr: Tag für Tag die gleiche Wut, der dauernde Zorn in ihren Augen. Es war ganz in Ordnung, von Zeit zu Zeit mal seinem Ärger Luft zu machen, aber warum so übertreiben. Und überhaupt, was hatten wir denn damit zu schaffen, Mike und Tony und ich? Auch wir mußten hier leben.

Sie zog den gebackenen Fisch aus dem Rohr und prüfte ihn mit einer Gabel. Er war fertig. Sie ging zur hinteren Veranda und rief Mike, Tony und Clara, die auf dem Hinterhof Hufeisen warfen. Sie trotteten nach drinnen und setzten sich an den Eßtisch, ohne sich vorher die staubverschmierten Hände und Gesichter abzuwaschen. Mamma scherte sich nicht darum. Mike und Tony nahmen den Fisch mit den Händen auseinander und warfen Hugo Stückchen unter den Tisch. Sie sagte keinen Ton. Ich trat Hugo, damit er abhaute und sagte ihnen, daß sie sich gefälligst Hände und Gesicht waschen sollten. Aber sie zeigten mir nur eine lange Nase und erklärten mir, daß ich ihnen überhaupt nichts zu sagen hätte. Das ärgerte mich so, daß ich mich auch nicht mehr wusch. Wir saßen alle um den Tisch, nur Papas Platz blieb leer.

»Und er?« fragte ich.

»Ruf ihn«, sagte Mamma, »wenn du unbedingt willst.«

Ich ging auf die Veranda hinaus und rüttelte Papa wach. Mit schmerzenden Gliedern humpelte er hinein. Er beugte sich über den Ausguß in der Küche und wusch sich prustend das Gesicht mit kaltem Wasser. Dann kämmte er sich vor dem kleinen Wandspiegel das Haar und setzte sich zu uns ins Eßzimmer. Bei seinem Anblick wurde Mamma blaß. Sie schob den Teller weg, ging ins Schlafzimmer und schloß die Tür hinter sich. Schweigend aßen wir weiter. Der Fisch war verbrannt, der Kartoffelbrei wäßrig; die Servietten fehlten und alle Augenblicke stand einer von uns auf, um irgend etwas zu holen, was sonst immer auf dem Tisch stand.

Kaum waren wir mit dem Essen fertig, ging Papa ins Schlafzimmer. Sofort kam Mamma heraus und ging in die Küche. Wir hörten, wie sich Papa im Schlafzimmer umzog. Jetzt fühlte er sich wieder besser, er pfiff vor sich hin und lief mit Schwung hin und her.

Als er das Haus verließ, pfiff er »*La Donna è mobile*«. Ein Mann ohne Sorgen pfiff auf die ganze Welt. Das machte Mamma so wütend, daß sie den großen Fischteller auf den Boden donnerte. Hugo heulte erschreckt auf, stürmte aus der Küche und brachte sich unter dem Bett in Sicherheit. Mamma kickte die Scherben beiseite und lief zurück ins Schlafzimmer. Hugo krabbelte wieder unter dem Bett hervor, kam zurück und fraß den restlichen Fisch vom Fußboden. Schließlich kam Mamma auch wieder zurück, kehrte die Scherben zusammen und erledigte den Abwasch.

Wir saßen immer noch am Eßtisch und spielten Karten. Als Mamma fertig war, schloß sie sich wieder im Schlafzimmer ein. Nach einer Stunde rief sie mich schließlich zu sich. Ich ging hinein und blieb im Dunkeln an ihrer Bettkante stehen. Ich konnte den Kummer und die Tränen im Zimmer spüren.

»Geh runter zu Dino«, sagte sie. »Sag ihm, er soll gleich herkommen.«

»Und warum?«

»Tu, was ich dir sage.«

Ich zog meinen Pullover an und ging los. Dinos Friseurgeschäft war in einer Gasse nahe Osage Street, einen Block von der Platte River Bridge entfernt. Bei Dino konnte man den Fluß schon hören und riechen. Sein Laden bestand lediglich aus einem Friseurstuhl und war nicht größer als unser Eßzimmer. Gleich neben dem Laden war der North Pole Recreation Club, wo Papa immer Karten spielte und sich ab und zu betrank. Dinos Geschäft war geschlossen, eine schwache, blaue Lampe leuchtete über der offenen Registrierkasse. Hinter dem Laden hatte Dino seinen Wohnraum und eine Küche. Vor vielen Jahren war an dieser Stelle einmal ein Hufschmied, und drinnen konnte man noch den Pferdemist und verbrannte Hufe riechen.

Ich ging um das Haus herum zu seiner rückwärtigen Tür. Aus beiden Küchenfenstern fiel Licht. Ich stieg über den Zaun. Von drinnen hörte ich Gelächter, das volle, kräftige Lachen von Coletta und das scharfe, kurze Lachen meines Vaters. Ich schlich mich zum Fenster und sah nach drinnen. Sie saßen alle an einem kleinen Tisch mitten in Dinos enger Küche und tranken Wein: Coletta, Dino und Papa. Dino saß etwas abseits, Coletta und Papa saßen dicht mit ihren Stühlen beieinander. Neulich abends hatte sie schwarz getragen. Heute war sie in weiß, aber egal welche Farbe – sie wirkte immer schön und nackt. Ich mußte schlucken. Heiliger Strohsack! War die hübsch!

Papa sprach mit Händen und Füßen, manchmal umarmte er sie und redete in einem fort.

»Schau ihn dir doch an!« sagte Papa. »Das ist doch kein richtiger Kerl, Coletta. Der ist nur eine halbe Portion, glaub's mir.«

Dino lächelte verlegen.

»Lach nicht«, fuhr Papa ihn an. »Wir haben dich erkannt, du Schwindler, du *ingannatore*. Du hast bloß nicht den Mumm, rauszugehen und dir eine Frau zu suchen. Das ist sein Problem, nicht wahr, Coletta?«

Coletta senkte den Blick und wollte nichts sagen.

»Schau Dino, ich zeig's dir.«

Papa legte ihr den Arm auf die Schulter und zog sie zu sich heran. »Hast du's gesehen? Du mußt eine Frau nicht gleich küssen, Dino. Du mußt ihr nur zeigen, wer der Chef ist. Und eben keine Kakerlake.«

Dino hob sein Glas, nippte daran und lächelte amüsiert. Papas Rat erzielte schlicht keine Wirkung. Das machte ihn wütend. Er sprang auf, fuchtelte mit den Händen unter Dinos Nase und bearbeitete ihn in ihrer gemeinsamen Muttersprache.

»Dino Rossi, im Namen vom Heiligen Rocco, kapier' doch endlich. Ich bin dein bester Freund, Dino. Jetzt spricht Guido Toscana zu dir, der dich mehr liebt als das Leben. Wenn du willst, reiß' ich mir die Zunge raus und geb' sie dir. Ich will dir helfen, Dino. Wach auf! *Avanti!* Such die Straßen und Gassen nicht mehr nach einer Braut ab. Ich hab' sie für dich gefunden, Dino. Sie steht vor dir, eine Blume von den Hügeln von Sorrento. Tu was, Dino. Dein Freund spricht mit dir, Guido Toscana, der schon deine dumme Mutter kannte, deinen nichtsnutzigen Vater und deine blöden Brüder.«

Das war zuviel für Coletta. Sie stand auf und sagte, daß Papa Ruhe geben sollte. Katzengleich schritt sie durch den Raum, stemmte die Hände in die Hüften und zog einen Schmollmund. Papa war vor Dino in die Knie gegangen, stützte sich auf den Fersen ab und hörte ihr zu.

»Ich glaube, ich muß jetzt auch mal was sagen«, fing sie an. »Ich bin zufällig eine anständige Frau, und nicht eine, die sich jedem hergelaufenen Kerl vor die Füße schmeißt.«

»Da siehst du, was du angerichtet hast, Dino«, sagte Papa. »Hast sie beleidigt. Hast sie zum Narren gemacht.«

Dino wurde knallrot.

»Aber ich ...«

»Nichts aber!« fuhr Papa ihn an. »Freund oder nicht, ich sollte dir die Nase platt hauen.«

»Trau dich!« meldete sich Coletta.

Papa verschlug es die Sprache.

Dino hielt ihr die Hände entgegen. »Bitte, gnädige Frau, verzeihen Sie mir. Ich bin nichtsnutzig und gemein. Ich wollte Sie nicht kränken. Ich möchte nur nicht, daß ...«

»Da haben wir es wieder!« sagte Papa. »Schon wieder die alte Leier. Er will, daß du ihm vergibst. Das ist alles, was ihm einfällt: vergib mir, vergib mir, vergib mir.«

Papa grinste verächtlich. Das verletzte Dino, er starrte zu Boden und kaute auf seinen Lippen.

»Vergib mir! Das sagt er seit seiner Geburt. Vor fünfzehn Jahren wollte er meine Frau heiraten.« Papa lachte überlegen. »Ausgerechnet er! Wollte mir die Frau ausspannen. Da sagte er dasselbe: vergib mir, vergib, vergib. Ich hab' ihm verziehen, nun gut! Ich schnappte ihm Maria vor der Nase weg – das ist meine Art zu verzeihen!«

Das traf Dino wie ein Dolch zwischen die Rippen. Er versank in seinem Stuhl, sein Cordkragen sah wie ein Strick aus. Dann sah ich seine Augen, er heulte. Papa sah erstaunt zu Coletta hinüber.

Sie war viel zu überrascht. Dino schluchzte und ließ den Kopf auf die Brust sinken. Sein ganzes Elend kam jetzt heraus.

»Armer Dino«, sagte Coletta. »Du hast ihn verletzt.«

Von hinten schlang sie die Arme um ihn. »Armer Dino, armer, armer Dino.« Sie drückte ihre Wange an seine, den Hals an seinem Nacken. »Armer Dino, armer, sanfter Dino.« Papa beobachtete sie verständnislos. Coletta fuhr mit den Fingern durch Dinos Haar. Sie schnurrte Dino etwas ins Ohr und von ihm kam ein langer Seufzer. Er schloß die Augen und entspannte sich in ihren Armen.

»Bist ein guter Junge, Dino«, sagte Papa. »So macht man das also.«

Und schon ging's bei Dino wieder los und er schlug die Hände vors Gesicht. Coletta versuchte, ihn zu beruhigen, aber er heulte hemmungslos. Coletta schüttelte den Kopf und Papa stand ungeduldig herum.

»Warum zum Teufel flennt der so?«

Dino antwortete mit Würgen und Schüttelkrämpfen. Trotz seiner verheulten Augen sah er mit bitterem Blick zu Papa. Mit wehendem Taschentuch tupfte Coletta seine Tränen ab. Er lächelte und sah zu ihr hoch.

Coletta sagte: »Du gehst jetzt besser, Guido.«

Papa hatte den Hut bereits in der Hand. Dino wollte Papa zum Bleiben überreden, und während sie darüber heftig debattierten, sprang ich über den Zaun in die Einfahrt und lief die Straße runter. In fünf Minuten war ich zu Hause. Es war eine warme Mondnacht. Ich entdeckte Mamma im Schaukelstuhl auf der Veranda am Eingang. Sie erhob sich, als ich in den Hof einbog.

»Wo ist Dino?« fragte sie.

»Ich konnte ihn nicht finden.«

Einen halben Block die Straße runter hörten wir das Klacken von Absätzen und jemand, der *»La Donna è mobile«* vor sich hin pfiff. Papa kam nach Hause geschlendert. Ich lief ins Haus und beobachtete das Ganze durch die Haustür. Papa und Mamma sahen sich an, sagten aber kein Wort. Dann setzte sich Papa auf die Verandastufen und Mamma ging zurück in ihren Schaukelstuhl. Eine Stunde lang saßen sie draußen im Mondlicht. Die Grillen zirpten, ab und zu rauschte ein Auto vorbei, aber die beiden sprachen kein Wort miteinander. Schließlich kamen sie rein und gingen zusammen zu Bett – ohne ein Wort zu verlieren.

Erst drei Tage später redeten sie wieder miteinander. Es passierte so zufällig, daß wir es gar nicht richtig mitbekamen. Wir saßen gerade beim Abendessen, jeder aß und keiner sprach, als Mammas Augen den Tisch nach etwas absuchten. Der Brotkorb stand bei Papas Ellbogen. Er bemerkte ihren Blick, aber er rührte sich nicht. Und dann geschah's.

»Guido«, sagte Mamma, »gibst du mir bitte das Brot.«

Papa sah um sich und spielte den Verwirrten. »Das Brot? Brot sagtest du?« Er blickte suchend über die Schulter und im Zimmer herum, als ob das Brot Beine hätte und zur Tür hereinspazieren würde. »Ach, das Brot. Brot, natürlich. Ach, da ist es ja.« Er gab ihr den Brotkorb, und von da an ging unser Leben wieder in gewohnten Bahnen. Es war, als ob einer aus dem Koma erwacht und merkt, daß er noch am Leben ist.

»Der Kohl schmeckt ganz ausgezeichnet«, sagte Papa. »Hast du Lorbeerblatt dran gegeben?«

»Ein wenig, ja«, sagte Mamma. »Ich für meinen Teil glaube, daß man nicht zuviel Lorbeer verwenden darf. Mir ist Rosmarin lieber. Aber man muß mit Rosmarin äußerst vorsichtig sein. Manchmal gibt man zuviel davon und alles ist kaputt. Das passiert halt immer wieder mal.«

»Da hast du recht«, erwiderte Papa. »Sehr richtig. Weißt du, was ich gern habe? Ich sag's dir.« Er deutete mit Daumen und Zeigefinger eine kleine Prise an. »Oregano hab ich gern. Nur eine Prise. Du solltest es bei nächster Gelegenheit mal mit Oregano versuchen. Das gibt einen ausgezeichneten Geschmack.«

»Wirklich, Guido! Ich hab' gar nicht gewußt, daß du Oregano magst. Warum hast du mir das nicht schon früher gesagt! Ist das nicht wirklich verrückt? Wir haben jede Menge Oregano, Guido, jede Menge.«

»Ein wunderbarer Geschmack. In der alten Heimat haben wir ihn dauernd genommen.«

»Wirklich, Guido? Ich habe eine ganze Packung in der Speisekammer.«

Papa war überrascht und verblüfft.

»Eine ganze Packung! Wahnsinn! Dann nimm sie doch auch ab und zu.«

»Natürlich, Guido. Warte, ich zeig' sie dir.«

Sie lief in die Speisekammer und wir konnten sie zwischen Packungen und Tüten herumsuchen hören. Dann kam sie mit einer kleinen, grünen Schachtel zurück und strahlte über das ganze Gesicht. Papa nahm die Schachtel prüfend in die Hand. Er las die Beschriftung der Packung laut vor: »Oregano. Fünf Unzen. Ein Schilling Markenprodukt. Preis zehn Cent. Verpackt in Kalifornien, USA. Schilling Gewürzfabrik, Los Angeles, Kalifornien, USA.« Papa nickte. »Genau das ist das Zeug. Das sieht ihr ähnlich.«

Er sah uns Kinder an und seine Augen funkelten wieder wie früher. Nun war er nicht mehr der Erzähler mutiger Geschichten, der Wohltäter mit Münzen und Verständnis. Er war wieder ganz der Alte. Eine ganze Woche lang hatte er sich uns gegenüber schwer zusammengenommen. Das war nun vorüber. Das Blatt hatte sich gewendet, er schwenkte wieder auf die alte Linie ein.

»Du da«, und damit meinte er mich. »Warum hast du heute morgen kein Holz und keine Kohlen geholt?«

»Hab ich doch«, versuchte ich zu schwindeln.

»Eben nicht. Ich hab' gesehen, wie deine arme Mutter den schweren Kohleneimer tragen mußte. Komm mal her.«

Ich stand auf und stellte mich vor ihn hin. Hugo stand in der Ecke auf und stellte das Nackenfell auf.

»Umdrehen«, befahl Papa.

Ich drehte mich um und beugte mich leicht nach vorne. Hugo winselte. Papas flache Hand klatschte auf meinen Hintern. Ich schrie auf, nicht wegen des Schmerzes, sondern um ein bißchen zu übertreiben. Hugo jaulte mitleidig dazu. Mike und Tony gakkerten freudig, aber das störte mich nicht. Sie kamen auch noch an die Reihe. Ich bekam noch drei weitere Schläge, die waren aber nicht so hart wie die ersten. Ich tat so, als hätte es ziemlich weh getan, ging zu meinem Platz zurück und aß weiter. Hugo kam zu mir mit seiner feuchten Nase und tröstete mich. Mike und Tony waren jetzt ganz still. Papa sah sie an.

»Und du«, sagte er zu Mike.

»Ich hab' gar nichts angestellt.«

»Woher soll ich das wissen?« sagte Papa. »Hast du deiner Mutter bei der Hausarbeit geholfen? Nein. Du springst den ganzen Tag herum und läßt sie schuften. Beweis mir doch mal, daß du nichts angestellt hast.«

»Frag Mamma«, fing er an. »Mamma, hab' ich was angestellt? Bin ich nicht immer ein braver Junge?«

Aber Mamma freute sich viel zu sehr über Papa, als daß sie sich einmischte.

»Das macht ihr zwischen euch beiden aus, Mike. Das mußt du selbst in Ordnung bringen.«

Mike fing zu weinen an. »Du Ziege, du blöde Ziege.«

»Aha!« rief Papa. »So läuft der Hase. Deine Mutter ist also eine blöde Ziege, meinst du?! Dir werd' ich noch Respekt beibringen. Komm her da!«

»Ich hab' überhaupt nichts gesagt«, wimmerte Mike und stand auf. »Rein gar nichts.«

»Von wegen, du hast den Menschen beleidigt, der dich auf die Welt gebracht hat. Aber immer tust du so unschuldig. Dir werd' ich's zeigen, los, umdrehen!«

Hugo und er winselten schon, bevor's los ging. Mit Tränen in den Augen suchte er Blickkontakt zu Mamma. Papa gab ihm ein paar leichte Klapse, die sich wie schallende Ohrfeigen anhörten. Sie müssen ihn irgendwo getroffen haben, waren aber sein ganzes Geheule nicht wert. Ich wußte ganz genau, daß er nicht wegen der Schmerzen weinte, sondern weil Mutter ihn verraten hatte. Er hörte auch gleich wieder auf, als es Wackelpudding gab und Hugo ihn an der Hand leckte. Nur als er merkte, daß Mamma ihn anlächelte, war etwas wie Rache in seinem Gesicht zu entdecken.

Tony war als nächster dran. Dieser Knirps machte immer Lärm und Schwierigkeiten, und jetzt heulte er schon, bevor Papa sich ihn vorknöpfte. Er saß nur da und weinte in seinen Pudding, obwohl Papa noch kein einziges Wort gesagt hatte. Aber Tony war Papas Liebling und nur selten, vielleicht sieben oder acht Mal im Jahr, bekam er ein paar Ohrfeigen. Und die waren nicht mal echt. Er erschrak schon vom Lärm, wenn Papa mit beiden Händen auf seinen Hintern klatschte und heulte dann vor Schmerz.

»Und nun zu dir«, sagte Papa.

»Laß das lieber bleiben«, sagte Tony. »Ich hau ab. Ich nehm' Hugo mit, wir laufen weg und kommen nie mehr wieder.«

»Na, hört euch das mal an«, staunte Papa.

»Ich mach's wirklich. Wir laufen weg und gehen zum Zirkus, stimmt's Hugo?«

Hugo sah sehr unglücklich aus.

Alles, was mit dem Zirkus zu tun hatte, erschreckte Mamma, denn sie verabscheute Schlangen und konnte nicht mal ihre Fotos in der Zeitung ansehen. »Das läßt du schön bleiben, hast du verstanden?«

»Dann sag ihm, daß er mich nicht schlagen soll.«

Aber dann bekam er seine Ohrfeigen – schallend und ohne Schmerzen wie immer. Und wie Mike und ich zuvor war auch er zornig und beleidigt.

»Wir hauen ab in den Zirkus«, schluchzte er und stolperte ins Schlafzimmer. »Los, Hugo, weg aus diesem gemeinen Haus.«

Hugo trottete ihm nach und die Schlafzimmertür wurde verschlossen. »Ich pack' jetzt meinen Koffer«, hielt er uns auf dem laufenden und wir hörten, wie er etwas auf dem Boden schleifte. »Ich leg' meine Sachen rein«, jammerte Tony, »zuerst meine Schuhe, dann den Pulli und die Socken. Die Unterwäsche laß ich da, vielleicht erkälte ich mich und muß sterben.« Wir und Papa mußten lachen, aber Mamma runzelte beunruhigt die Stirn. Sie wollte aufstehen, aber Papa schüttelte den Kopf.

»Gleich geht's los«, kündigte Tony an. »Wir haben alles gepackt und kommen jetzt raus. Wir gehen jetzt zum Zirkus, los, Hugo.«

Wir sahen, wie die Tür aufging. Er kam rückwärts raus und schleppte einen Koffer, so groß wie er selbst und viel zu schwer für ihn. Hugo zerrte an einem Riemen und rutschte mit seinen Klauen übers Linoleum. »Auf Wiedersehen alle miteinander«, schluchzte er. »Jetzt geht's zum Zirkus. Auf Wiedersehen, Mamma, auf Wiedersehen, Papa, auf Wiedersehen, Mike, auf Wiedersehen, Clara, auf Wiedersehen, Jimmy. Beim Zirkus wird man gut behandelt. Du bekommst keine Ohrfeigen und darfst Tiere füttern. Auf Wiedersehen alle miteinander.«

Wir mußten lachen, denn als er versuchte, den schweren Koffer zur Eingangstür zu zerren, zog ihn Hugo mit gespanntem Nacken wieder ins Schlafzimmer zurück. Je mehr wir lachten, um so zorniger heulte Tony bei seinem unsinnigen Gezerre, Hugo war einfach stärker. Bis es Mamma schließlich nicht mehr aushielt. Sie stand auf und nahm ihn in die Arme.

»Ich geb' dir fünf Cent, wenn du dableibst.«

Er schniefte, fuhr sich mit dem Arm über die Nase und prüfte ihr Angebot. »Und wie wär's mit zehn?«

Mamma hob ihn hoch und gab ihm einen Kuß, während Hugo freudig bellte. Flüsternd rief Papa Clara zu sich, nahm sie auf den Schoß und gab auch ihr einen Kuß.

In unserem Haus herrschte wieder Frieden. Papa brummelte und jammerte, aber das war ein gutes Zeichen: Er war mit sich und der Welt zufrieden. Mamma schwebte über den Wolken, sie lächelte in einem fort und war mit den Gedanken ganz woanders. Jeden Abend trug sie zum Essen das Sonntagskleid, das Tante Louise ihr vermacht hatte. Und sie war lieb zu uns: Hugo durfte mit in die Badewanne. Sie ermahnte uns nur, Papa nichts davon zu erzählen.

Auch als wir einen Faßreifen an die Wand am Eingang nagelten, um Basketball zu spielen, hatte sie nichts dagegen. Wir schossen eine Scheibe und eine Vase zu Bruch, aber sie blieb am Küchenherd und rührte weiter ihre Polenta. Sie lächelte wie ein Engel, war wieder in ihre Gedanken versunken und hat wohl nicht mal den Krach gehört. Sie sagte nicht einmal was, als wir Benito Mussolini über Papas Schreibtisch das Kinn weggeschossen hatten. Papa entdeckte die Verstümmelung gleich beim Abendessen. Aber wir hatten Glück, denn er hatte wohl irgendwas über ihn in der Abendzeitung gelesen: »Dieser verfluchte Faulpelz Mussolini!« murmelte er, als er das fehlende Kinn entdeckte. Er blinzelte ein paarmal Richtung Bild und war wohl mit dem Ergebnis ganz zufrieden. Früher hatten er und Mamma sich immer wieder über Dino Rossi unterhalten, aber jetzt erwähnten sie nicht mal seinen Namen. Das galt erst recht für Coletta Drigo. Allein der Gedanke an sie war Zündstoff für unser Haus.

Am Sonntagmorgen, dem ersten Sonntag nachdem wieder Friede eingekehrt war, standen wir früh auf, um in die Kirche zu gehen. Es war der einzige Tag in der Woche, an dem Papa ausschlief. Wir durften uns nur im Flüsterton unterhalten und mußten auf Zehenspitzen durch die Wohnung laufen. Das war schlimm genug. Aber wir mußten auch noch unseren Sonntagsstaat anziehen, neue Schuhe, die drückten und Halstücher, die uns einschnürten. Als Mamma das Frühstück herrichtete, fiel uns nichts besonderes auf. Dann zogen wir unsere Mäntel an und machten uns auf.

Erst als ich auf die Straße trat, bekam ich ein komisches Gefühl. Irgendwas stimmte nicht, irgendetwas fehlte und jetzt erst merkte ich es. Ich ging zurück und sah mich im Wohnzimmer um. Ich konnte spüren, daß unser Haus mir etwas sagen wollte: Papa war nicht da. Ich öffnete die Tür zum Schlafzimmer. Mamma hatte sich wieder ins Bett gelegt. Papas Hälfte war leer und unberührt: Er hatte letzte Nacht nicht darin geschlafen.

Ich wurde krank vor Zorn. Ich lief zu seiner Seite und schlug in sein leeres Kissen. Mamma drehte sich zu mir und öffnete die Augen. Bevor sie etwas sagen konnte, schloß ich die Tür und verschwand. Ich ging an diesem Vormittag nicht in die Kirche. Ich wollte meinen Vater finden und ihm sagen, daß er jetzt zu weit gegangen war.

Ich rannte den ganzen Weg bis zu Dinos Friseurladen. Als ich den Hintereingang erreichte, kamen mir Zweifel. Was sollte ich Papa sagen, nach allem, was passiert war. Sollte ich wirklich über sein Leben bestimmen? Das würde er sich nicht gefallen lassen; er würde mir sicher ein paar Ohrfeigen verpassen. Genausogut konnte ich ihm sagen, er solle nach Hause kommen. Ich würde es ihm ganz höflich sagen, ohne daß er sich aufregen mußte.

Dino öffnete auf mein Klopfen hin die Tür. Er trug ein weißes Nachthemd und eine komische Schlafmütze. Er rieb sich die müden Augen und bat mich herein.

»Wo ist mein Vater?«

»Soll das heißen, er ist letzte Nacht nicht nach Hause gekommen?«

»Richtig.«

Er kaute auf den Lippen. »Das ist schlecht. Sehr schlecht.«

»Wo könnte er sein?«

Dino zuckte mit den Achseln. »Wer kann das schon wissen.«

»Ich wette er ist bei ihr – dieser verdammten Coletta!«

Er legte mir den Finger auf die Lippen. »Du darfst so etwas nicht über deinen Vater sagen. Niemals! Hast du verstanden?«

»Und wenn, ich wette trotzdem.«

»Nein«, erwiderte Dino schwach, »das kann unmöglich sein.«

»So etwas hätte er nicht tun dürfen, Dino.« Ich hielt mich für alt und erfahren genug. »Nachts muß ein Mann bei Frau und Kind sein.« Dann fiel mir etwas ein, was Papa gern von sich gab: »Das ist das Problem unserer Zeit, Dino, es gibt kein Familienleben mehr.«

Dino tätschelte meine Schulter. »Geh nach Hause, ich finde deinen Vater.«

Aber er fand ihn nicht. Am selben Abend kam er gegen zehn zu uns, mit müdem Blick und schmerzenden Füßen. Mike, Tony und Clara tobten in ihren Betten. Ich ging ins Schlafzimmer und sah überall Federn herumfliegen. Im Eck zerfetzte Hugo den Rest eines Kissens.

»Paß mal auf!« rief Tony.

Er hob das Kissen auf und warf es durchs Zimmer. »Hugo, faß Coletta! Faß sie!«

Der Hund sprang über das Bett, stürzte sich auf das Kissen und riß wie wild daran. Ich sagte ihnen, daß sie endlich Ruhe geben sollten. Dann löschte ich das Licht und schob Hugo aus dem Zimmer.

Dino hatte in der Küche seine Schuhe ausgezogen. Er hatte ganz Nord-Denver abgesucht, in jeder Billardhalle, jeder Spielhölle, den Bowlingclubs und in jeder Kneipe, aber von Papa keine Spur. Mamma ließ ihm warmes Wasser mit Bittersalz in eine Wanne und mit einem Seufzer der Erleichterung tauchte Dino seine Füße hinein.

»Kein Grund zur Sorge«, fing Dino an, »Guido kann sehr gut auf sich selbst aufpassen.«

»Sicherlich,« antwortete Mamma, »als Vater von vier Kindern, der einer Wölfin nachjagt!«

Dino schüttelte heftig den Kopf.

»Nein, nein, Maria! So etwas darfst du nicht sagen. Dafür

gibt's keinen Beweis. Guido ist vielleicht ein leichtsinniger Kerl, aber er ist ein guter Kerl, Maria. Guido ist ein Familienvater.«

»Na sicher. Bei verschiedenen Familien.«

Mamma hatte die ganze Zeit nicht geheult. Sie sah aus, als hätte sie lange darüber nachgedacht und war schließlich zu einem Ergebnis gekommen. Sie lächelte nicht, aber ihre Züge waren weich und gelassen. Es gab nicht mehr viel zu sagen. Dino bewegte die Zehen im warmen Wasser und sah gebannt auf die kleinen Wellen. Er wollte wohl seinem Herzen Luft machen, aber unter vier Augen. Ich merkte, daß ihn meine Anwesenheit störte und daß er mich für die ganze Sache für zu unerfahren hielt. Mamma bemerkte seine Blicke in meine Richtung.

»Jimmy ist mein Ältester, ich möchte, daß er die ganze Geschichte begreift.«

»Genau, Dino, ich bin nicht erst seit gestern auf dieser Welt!«

Dino war immer noch skeptisch.

»Wir können über alles offen reden. Ich bin vierzehn, eigentlich fast fünfzehn.«

Das überzeugte ihn auch nicht, und alle drei verfielen wir in ratloses Schweigen.

»Schau mal, Mamma«, fing ich an, »nur mit Herumsitzen kommen wir nicht weiter. Wir müssen etwas unternehmen. Was hast du vor? Bei so einem Ehemann solltest du die Scheidung einreichen.«

Bei diesen Worten wurde Mamma blaß. Erschreckt sah sie mich an. Das hätte ich nicht sagen dürfen, denn wir waren katholisch und da gibt's keine Scheidung. Ich sah Dinos kameradschaftlichen Blick, sein leichtes Lächeln: Siehst du, alles verstehst du doch noch nicht.

»Okay, du Alleswisser, Dino, was würdest du jetzt tun?«

»Eine Scheidung!« Mamma war entrüstet. »Hast du das gehört, Dino? Noch ein Kind und führt solche Reden!«

»Irgendwer muß irgendwas unternehmen!« fing ich wieder an.

»Schäm dich!« sagte Mamma. »Schäm dich wirklich!«

»Ich dachte, du bist böse auf ihn.«

»Schäm dich!«

»Seid ruhig«, mischte sich Dino ein, »ich höre etwas.«

Erst ganz schwach in der Ferne und dann immer kräftiger konnten wir jemanden »*La Donna è mobile*« pfeifen hören – das konnte nur Papa sein. Dann hörten wir schwere Absätze auf der Veranda, den Schlüssel in der Tür und wir reckten unsere Hälse, um ihn beim Reinkommen zu sehen. Er zögerte, bevor er die Tür schloß. Wir sahen sein Gesicht: gerötet, lustig und aufgeregt, mit wachen Augen wie ein Eichhörnchen. Er war nicht direkt betrunken, aber sein Hut in Schräglage und sein stolzierender Gang verrieten uns, daß er an Burgunder nicht gespart hatte.

»Hallo«, winkte er uns zu. »Hallihallo. Wie geht's meiner lieben Familie heute abend? Meiner lieben Frau und meinen Engelchen?«

»Um Gotteswillen!« seufzte Mamma. »Dieser Halunke.«

»Soso, Dino ist also auch hier«, fing Papa wieder an. »Der gute alte Dino, treuer Freund des Hauses, auch wieder hier.«

Er lehnte sich an den Türrahmen, stützte die Hand in die Hüfte und schob den Hut nach hinten. Er winkte mir zu, aber da Mamma mich beobachtete, wagte ich nicht, zurückzuwinken.

»Erzähl mir bitte bloß nicht, wo du letzte Nacht geschlafen hast«, sagte Mamma. »Bloß nicht. Ich bin ja nur deine Frau. Ich hab' ja kein Recht, dich danach zu fragen.«

»Aha, jetzt wirst du auch noch spöttisch!« beklagte sich Papa.

Mike und Tony kamen an die Schlafzimmertür. »He, Papa, spendierst du uns einen Groschen?«

Papa drehte sich zu ihnen. »Spendierst du uns einen Groschen! Ich spendier' euch zehn Groschen. Kommt her!«

Er gab Tony einen Dollarschein. Tony nahm ihn nur zögernd und wich mißtrauisch und aufgeregt zurück. Er konnte es noch nicht fassen. Dann drehte er sich um, lief zurück und sprang mit einem Freudenschrei in sein Bett. Mike und Hugo folgten ihm, und während Hugo bellte, rief Mike: »Los, gib mir die Hälfte!«

»Wer liebt euch mehr?« rief Papa ihnen nach. »Papa oder Mamma?«

»Natürlich unser Papa!«

Papa grinste rüber zu Mamma.

»Na«, sagte er mit erhobenen Händen, »da siehst du's.«

Mamma zersprang fast vor Wut. Zitternd stand sie bei der Spüle und biß sich auf die Lippen. »Du Rumtreiber! Du Halunke! Schuft!«

Sie sah um sich, ihre Hände suchten irgend etwas zum Werfen. Sie grabschte nach der Kernseife aus der Schale vom Ausguß und schleuderte sie in seine Richtung. Papa brummte erschreckt, als ihn die Seife voll auf der Brust traf und dann auf den Boden fiel. Der Schrecken machte ihn wieder nüchtern. Und Mamma suchte um sich herum immer noch nach Wurfgeschossen.

»So sieht's also aus!« beklagte sich Papa. »Das ist also der Dank für die ganze Plackerei!«

Er wich zurück, während er das sagte, denn Mamma hatte den Salz- und Pfefferstreuer auf dem Herd entdeckt. Dino wollte sie erst noch aufhalten, hielt es dann aber für ratsamer, in Deckung zu gehen, denn sie holte bereits aus. Die beiden Streuer flogen durch die Luft und weit über Papas Kopf hinweg. Wie ein Boxer hatte Papa seinem Kopf Deckung gegeben, er taumelte zurück und rief in seiner Muttersprache Dino zu: »Hast du das gesehen, Dino?! Du bist Zeuge, daß sie mich in meinem eigenen Haus angreift!«

Mamma machte sich inzwischen am Küchenschrank zu schaffen und stapelte in den Händen Teller und Tassen. Papa machte einen Satz zur Eingangstür. »Du bist Zeuge, Dino! Du hast alles gesehen!«

Kaum war Papa verschwunden, brach Mamma zitternd in sich zusammen. Bebend vor Kummer setzte sie sich an den Tisch und vergrub ihr Gesicht in den Händen. Dino beugte sich beruhigend über sie, aber sie schüttelte den Kopf und wollte allein sein. Sie schluchzte jämmerlich.

»Kleine Maria«, flüsterte Dino, »meine kleine Maria. Weine nicht, mein Kleines. Alles wird wieder gut.« Mamma setzte sich auf, wischte die Tränen ab und schneuzte vorsichtig in den Saum ihrer Schürze. Jetzt fing auch Dino zu heulen an. Kaum sah Mamma in seine feuchten Augen, fing sie wieder von vorne an. Beide heulten, Mamma keuchend und würgend, Dino schluckte still und leise seinen Kummer hinunter. Und es dauerte nicht lange, da flennte ich mit den beiden mit. Nicht wegen Mamma, sondern wegen Dino, dem guten Kerl. Er liebte Mamma so sehr und sah sie immer nur leiden, ohne daß er etwas dagegen unternehmen konnte. Er umschloß ihre Hände mit den seinen und streichelte zärtlich die Schwielen ihrer jahrelangen Arbeit.

»Weine nicht, kleine Maria. Wir werden das zusammen schaffen. Und Gott wird uns dabei helfen.«

»Was kann Gott da tun? Er ist das Problem, Dino. Und diese Frau. Diese schreckliche *puttana*.«

Dino schneuzte sich und setzte den Hut auf.

»Es gibt einen Ausweg, und irgendwie werden wir ihn finden.«

Auf dem Weg nach draußen klopfte er mir auf die Schulter; er war zufrieden, daß auch ich heulen mußte. »Bist ein guter Junge, Jimmy.« Dann ging er gemächlich zur Haustür. Als er sich plötzlich umdrehte, mußte ich lachen und heulen zugleich, denn Dino war immer noch barfuß. Während er Socken und Schuhe anzog, mußte ich ziemlich die Zähne zusammenbeißen. Dann verließ uns Dino wieder, und diesmal konnte ich seine Schuhe auf der Straße hören.

Ich wollte Mamma dazu überreden, ins Bett zu gehen, aber sie vergrub das Gesicht in den Händen und schob mich beiseite. Ich zog mich aus und schlüpfte ins Bett. Hugo lag schon drin und kaute am zerfetzten Kissenbezug. Ich stieß ihn raus und er kroch mit seiner Schandtat unters Bett. Kurze Zeit später verlöschte das Küchenlicht. Mir war klar, daß Mamma alleine im Dunkeln saß. Leise hörte ich sie weinen. Mir war elend zumute und ich wollte losheulen, aber nichts kam. Erst, als ich daran dachte, was mit uns geschehen würde, wenn Papa wirklich abhaute. Wir wären arm, und die anderen Kinder würden über unsere alten Klamotten lachen. Ich hatte schließlich soviel Selbstmitleid, daß ich unter Tränen einschlief.

Laute Stimmen weckten mich plötzlich auf, ich hörte Gelächter, stampfende Füße, das Schlagen von Türen und irgendjemand singen. Wir richteten uns im Bett auf. Es war drei Uhr in der Früh und Papa sang »Hier kommt die Braut« – während Coletta lachte.

Wir krochen aus dem Bett und waren bei der Tür, gerade als Mamma mit verquollenen Augen aus der Küche kam.

»Herzlich willkommen in meinem Haus!« rief Papa. »Die zukünftige Frau Dino Rossi!«

Arm in Arm schritten sie herein – Papa und Coletta. Coletta ging mit erhobenem Haupt und keckem Blick. Hinter ihnen stand der totenbleiche Dino.

»Mamma, hol deinen Mantel. Auf der Stelle wird geheiratet und wir beide sind die Trauzeugen.«

»Das geht doch nicht«, sagte Mamma ängstlich, »das ist doch nicht möglich.«

»Das denkst nur du«, insistierte Papa. »Los, hol deinen Mantel. Wir gehen ins *Golden* und lassen die beiden trauen.«

Dino umfaßte Mammas Hände.

»Maria, wir bitten um deinen Segen, Coletta und ich.«

»Ach Dino, das darfst du nicht tun. Du darfst nicht!«

Wutentbrannt ging Coletta auf Mamma zu.

»Du hältst dich da raus!«

Mamma ließ sich nicht beirren. »Dino, du darfst wirklich nicht!«

Coletta fuhr plötzlich zwischen Dino und Mamma und hielt ihr den Mund zu. Mamma wich zurück, aber Coletta ließ nicht lokker. Mamma versuchte, zu atmen und zu sprechen, aber sie prustete nur mit hochrotem Kopf. Hugo knurrte. Wir alle waren bleich vor Schreck. Papa und Dino versuchten, Colettas Hand von Mammas Gesicht zu lösen.

»Hugo, faß!« rief Tony. »Faß Coletta!«

Mit fletschenden Zähnen sprang Hugo zwischen Papa und Dino, grub sich in ihr Hinterteil und kniff kräftig zu. Sie schrie auf und faßte sich mit beiden Händen an den Hintern. Wütend schlug sie nach Hugo und trat mit den Füßen nach ihm. Er zog sich laut bellend unter den Tisch zurück. Coletta wandte sich um und starrte uns an.

»Ihr seid ja wirklich nette Leute!«

»Bitte«, versuchte Dino zu schlichten, »wir wollen doch nicht streiten.«

»Sei ruhig, du Zwerg, du Narr!«

»Da schau her«, mischte sich Papa ein.

»Das gilt auch für dich, du Affe!«

»Wer ist hier ein Affe, hä?«

»Schau dich doch an, Guido!«

»Jetzt aber raus hier!« fuhr Papa sie an. »Kein Mensch nennt Guido Toscana einen Affen. Hau ab hier!«

Coletta starrte uns immer noch an und schüttelte entsetzt den Kopf.

»Was für Menschen! Was für schreckliche Menschen.«

Sie drehte sich auf dem Absatz und ging mit stolz erhobenem Haupt aus dem Haus. Dino folgte ihr und wollte sie zum Zurückkommen bewegen. An der Tür fuhr sie noch einmal herum und sah ihm ins Gesicht. Sie musterte Dino von oben bis unten und brach in schrilles Gelächter aus. Auf dem ganzen Weg bis zu ihrem Auto hörten wir ihr Gelächter. Dann hörten wir noch den stotternden Motor und weg war sie.

Papa legte Dino die Hand auf die Schulter.

»Vergiß sie, Dino. Sie ist es nicht wert.«

»Ääh, aber …«

»Bleib alleine, Dino. Damit fährst du besser.«

»*Si*, *Si*. Aber trotzdem …«

»Vergiß sie. Du hast nur Ärger, wenn du verheiratet bist. Kinder. Schwierigkeiten. Schulden. Bleib allein, Dino. Glaub's mir.«

Dino blickte zu Mamma und sah, daß sie lächelte. Dann mußte auch Dino lächeln. Mit hängenden Ohren und eingezogenem Schwanz kam Hugo unter dem Tisch hervor. Dino beugte sich zu ihm hinunter und tätschelte ihn am Kopf.

»Gutä Hund«, sagte er in gebrochenem Englisch. »Bravä Hund.«

Dann grub er mit der Hand in der Hosentasche. Jeder von uns bekam einen Viertel Dollar. Nur Tony bekam einen halben.

»Kauf dem Hund einen Hamburger.«

Dino ging zufrieden nach Hause, und als dann alle Lichter im Haus gelöscht waren, hörten wir Mamma und Papa im Schlafzimmer reden.

»Wo warst du letzte Nacht?«

»In der Stadt.«

»Und mit wem?«

»Mit *niemandem*!« schrie er mit solcher Lautstärke, daß Mamma keine weiteren Fragen mehr stellte.

Schokotorte für Chorknaben

Seit acht Jahren war Schwester Maria Agnes jetzt schon die Direktorin der St.-Vincent-Schule. Dadurch wußte sie mehr über mich als meine eigene Mutter. Aber Mamma war nun mal so.

Als ich einmal eine Straßenlaterne zerschmissen hatte, rettete mich Schwester Agnes sogar vor dem Knast. Der Polizeibeamte rief Mamma an, aber sie glaubte ihm die ganze Geschichte nicht. Immerhin hatte Sergeant Corelli mich und Jack auf frischer Tat ertappt. Ich stand direkt neben Corelli, als er mit Mamma telefonierte. Ihre Stimme schnarrte durch den Hörer.

»Das muß ein Irrtum sein«, zischte sie, »mein Junge macht so was nicht.«

»Wenn ich's Ihnen doch sage. Ihr Junge steht gerade neben mir. James Kennedy.«

»Das gibt's doch nicht«, jammerte Mamma. »Sie müssen sich irren. Es gibt 'ne Menge Kennedys in der Stadt. Mein Jimmy würde so etwas nie tun.«

Und damit legte sie auf. Sergeant Corelli schüttelte den Kopf.

»Du hast sie wohl eingeschüchtert, hä?« Dann fragte er mich nach meiner Schule.

Ich verriet ihm, daß ich in die achte Klasse der St.-Vincent-Schule ging. Er rief Schwester Maria Agnes an, denn sie war die Direktorin und Oberin. Ohne zu zögern fuhr Schwester Agnes mit dem Taxi schnurstracks zum Rathaus.

Jack Jensons Vater traf etwa zur gleichen Zeit ein. Er konnte mich ebensowenig leiden wie ich ihn. Er drohte mit dem Finger: »Dafür bist du doch wieder verantwortlich!«

»Ich habe zwei Laternen zerschmissen«, gestand ich, »Jack die beiden anderen.«

»Das ist eine glatte Lüge«, zeterte Jack. »*Ich* hab' die an der Ecke Pine Street getroffen. Du hast gerade mal eine getroffen und bei mir waren's drei!«

»Das stimmt nicht, Jack.«

»Eben schon.«

»Ich weiß zwar nicht, wer von euch welche auf dem Gewissen hat«, brummte Sergeant Corelli, »es sind jedenfalls vier Laternen kaputt, und die sind nun mal städtisches Eigentum.«

Schwester Agnes gluckte wie eine Henne. »Es ist ein Skandal«, beugte sie sich zu mir, »wirklich skandalös. Wie kann man nur glauben, daß ein katholischer Junge mit katholischen Eltern und der Erziehung in einer katholischen Schule herumstreunt und öffentliches Eigentum zerstört. James, ich habe dich doch nicht nur einmal gewarnt, sondern viele, viele Male – bleib bloß weg von schlechter Gesellschaft.«

Mr. Jenson sperrte Mund und Augen auf. »Nun mal halblang, Gnädigste«, schnaubte er, »mein Sohn ist doch keine ›schlechte Gesellschaft‹. Sie sind zwar eine Dienerin Gottes, gute Frau, aber ich werde es nicht zulassen, daß Sie meinen Jungen einen Kriminellen nennen!«

Und genau bei diesen Worten streckte Jack Schwester Agnes die Zunge heraus.

»Ich habe nicht gesagt, daß er ein Krimineller ist«, erwiderte Schwester Agnes.

»Hören Sie auf zu streiten, suchen wir lieber nach dem Grund«, fuhr Sergeant Corelli dazwischen. »Also – warum habt ihr Bengels das gemacht?«

Jack schaute mich an. »Los, sag du's ihm.«

»Es ging um eine Wette«, fing ich an.

Schwester Agnes atmete tief durch. »Also, James Kennedy. Auch noch wetten. Du weißt doch, daß Wetten eine Sünde ist.«

»Aber keine schwere«, sagte ich. »Es ging auch nur um einen ganz kleinen Einsatz.«

»So eine Unverfrorenheit!« fuhr sie mich an.

»Worum ging denn die Wette?« fragte Corelli.

Jack verriet es: »Ich habe ein paar Zigarren gegen eine Schachtel Zigaretten gewettet, daß ich mehr Laternen treffe als er.«

»Zigarren?« fragte ihn Mr. Jenson. »Dahin verschwinden also meine Zigarren.«

»Zigaretten?« fragte Schwester Agnes. »Du hast also wieder geraucht?«

Wir schwiegen beide. Wir waren ehrlich zu ihnen, aber davon nahm niemand auch nur die geringste Notiz, keine Anerkennung.

»Na also«, fing Sergeant Corelli wieder an, »die beiden geben alles zu. Was sollen wir jetzt mit den Bengels machen?«

Mr. Jenson bleckte die Zähne wie ein Wolf: »Ich weiß, was ich zu tun habe!«

Jack schluckte und verdrehte die Augen.

»Ich glaube, ich werde mit diesem jungen Mann schon fertig«, sagte Schwester Agnes.

Auf Zehenspitzen verließ Jack das Rathaus, denn Mr. Jenson zog ihn am linken Ohr nach draußen. Jack tat mir leid. Er war so sensibel, so leicht verletzlich, ganz im Gegensatz zu seinem Vater. Jack konnte sogar Klavierspielen und sang im Methodistenchor. Mr. Jenson war Vorarbeiter beim Bau der Schnellstraße.

»Ich bringe dich zu Pater Cooney«, sagte Schwester Agnes. Sie bat Sergeant Corelli ein Taxi zu rufen. Der Sergeant versicherte, daß es ihn freuen würde, uns mit dem Streifenwagen nach Hause zu fahren. Schwester Agnes wurde blaß.

»Wie sieht das denn aus!« erschrak sie. »Aber vielen Dank für Ihre Hilfe, Sergeant. Sie waren sehr freundlich.«

Der Sergeant nahm den Hörer und rief die Taxizentrale an. Schwester Agnes und ich warteten auf der Bank am Fenster. Ich rutschte nach vorne und überlegte, ob ich nicht was Nettes sagen könnte. Schwester Agnes küßte das Kreuz ihres Rosenkranzes und fing an zu beten.

»Setz dich gerade hin«, flüsterte sie.

Ich richtete mich auf und verschränkte die Arme.

»Willst du nicht beten?« fragte sie. »Du solltest dem Allmächtigen danken, daß du nicht hinter Gittern gelandet bist. Du solltest ihm auf Knien danken und ihn für diesen Tag um Vergebung bitten.«

»Direkt hier auf dem Polizeirevier?« fragte ich.

»Dann bete wenigstens im Stillen«, drängte sie und schloß die Augen.

Ich schloß ebenfalls die Augen und dachte mir ein Gebet aus: ›Lieber Gott, vielen Dank, daß du mich aus diesem Schlamassel geholt aus. Ich glaube, das ganze ist ein Riesenbluff und sie können mir nichts anhaben, denn ich bin erst vierzehn. Aber es hätte schlimmer kommen können. Also vielen Dank. Und bitte, lieber Erlöser, richte es so ein, daß Schwester Agnes meinen Alten nicht anruft. Bitte, lieber Gott. Falls du einem alten Kumpel einen Gefallen tun könntest, bitte, bitte, laß sie nicht meinen Alten anrufen.‹

Bill Callen war der Inhaber der Boulder Taxi Company. Während er den Wagen auf dem Randstein parkte, gingen wir die Rathaustreppe hinunter. Vor langer, langer Zeit war auch Bill ein Schüler von Schwester Agnes gewesen. Er öffnete den Schlag und half ihr beim Einsteigen.

»Ist alles in Ordnung, Schwester?« fragte er. »Kann ich etwas für Sie tun?«

»Nein, Bill«, lächelte die Schwester. »Gar nichts. Sei so nett und fahr uns ins Kloster zurück.«

»Soll er auch mit?«

Wieder mußte sie lächeln.

Ich stieg zu Schwester Agnes ein. Bill musterte mich und fragte noch einmal: »Wenn ich Ihnen irgendwie behilflich sein kann, sagen Sie mir Bescheid.«

»Danke, Bill.«

Er ließ mich nicht aus den Augen. Sicherlich erinnerte er sich daran, wie wir ihm an Halloween eine Ziege ins Taxi gesetzt hatten. »Sagen Sie einfach Bescheid, Schwester. Was immer es auch ist.«

»Sie haben es doch gehört, Sie Penner«, griente ich. »Bringen Sie diesen Schrotthaufen zum Kloster, wenn er's soweit noch schafft.«

»Hör mal zu, ich kann dich einfach nicht ausstehen.«

»Klar doch, jetzt bin ich aber tief getroffen.«

»Ich kann nun mal so kleine kriminelle Ratten nicht leiden, die von einer Klosterschwester vor dem Zuchthaus gerettet werden müssen.«

Bill machte mich wahnsinnig, aber ich ließ mir nichts anmerken.

»Sie sind einfach ein Prolet«, fuhr ich ihn an, »und außerdem ein richtig fieser Kerl.«

Er schlug die Autotür zu und rutschte auf den Fahrersitz. Schwester Maria Agnes saß mit bleichen, gefalteten Händen da. Wir fuhren die Pearl Street hinunter und durch die Innenstadt. Bald waren Sommerferien, die letzte Schulwoche und nur noch ein paar Tage bis zur Versetzung.

»Und was machen wir jetzt, Schwester?« fragte ich vorsichtig.

»Zuerst führe ich dich Pater Cooney vor.«

Es gab schlimmeres. Pater Cooney hielt zwar keine besonders guten Predigten, aber für ehrliche Reue war er immer zu haben. Du mußtest nur den Kopf senken, ein trauriges Gesicht machen, und schon hätte er dir seinen letzten Heller gegeben.

»Pater Cooney wird sehr von mir enttäuscht sein. Ich trau mich gar nicht vor seine Augen.«

»Es ist meine Pflicht, ihm davon zu berichten«, sagte sie.

»Ich weiß, ich weiß. Ich schäme mich fürchterlich. Der arme Pater Cooney.«

»Und dann muß ich natürlich deinen Vater davon unterrichten.«

»Was? Auch noch meinen Vater! Muß das sein?«

»Es muß sein.«

Pater Cooney war die eine Sache, aber mein Vater eine ganz andere. Mein Vater war eher der kräftige, wortkarge Typ. Er war äußerst stark, und das zeigte er ganz gern. Er war auch nicht besonders locker, das Problem lag woanders: Er hatte keine Phantasie. Für ihn gab es nur eine Lösung solcher Probleme. Und der Gedanke daran gefiel mir überhaupt nicht.

»Ich rufe ihn heute abend an«, fuhr die Schwester fort.

Ich lachte. Nicht sehr laut. Eher leise.

Sie starrte mich an. »Warum lachst du?«

»Es ist einfach komisch«, sagte ich kopfschüttelnd, »erst vor ein paar Minuten habe ich ein Gebet gesprochen. Ich bat den Herrgott, daß mein Vater nichts davon erfährt. Und jetzt wollen Sie es ihm sagen.«

»Aber natürlich werde ich das tun.«

»Ich weiß«, erwiderte ich. »Sie müssen. Es ist Ihre Pflicht. Es wäre nicht in Ordnung, wenn Sie's ihm nicht sagen. Andererseits lehrt uns der Katechismus, daß Gebete erhört werden. Ich weiß, daß Sie es meinem Vater sagen müssen. Ich versteh' das. Aber es zeigt mir auch, daß der Katechismus im wirklichen Leben nicht funktioniert.«

Sie starrte mich mit ihren großen blauen Augen an. Ich kräuselte die Lippen und verkroch mich in den Sitz. Ich lächelte traurig, ohne Furcht und war auf alles gefaßt. Den Rest der Fahrt zu St.Vincent hoch beobachtete Schwester Agnes die vorbeifliegenden Bäume und Häuser und sagte keinen Ton. Ab und zu biß sie sich auf die Lippen und sah mich an. Ich schwieg ebenfalls.

Pater Cooney aß gerade zu Abend. Als Schwester Agnes und ich eintraten, bedeutete er seiner Haushälterin, Mrs. Hanley, daß er mit uns ungestört sein wollte. Pater Cooney schob sich genüßlich den ersten Bissen seiner Nachspeise in den Mund. Es gab Schokoladenkuchen. Der Pater war ein großgewachsener Mann mit einer kahlen Stelle am Kopf. Er bot uns die Stühle um den Eßtisch an.

»Setzt euch bitte. Magst du ein Stück von der Schokotorte, Jimmy?«

»Und ob!«

Schwester Agnes blieb stehen. Pater Cooney nahm das Kuchenmesser und schnitt mir ein riesiges Stück ab.

»Nach all dem, was dieser junge Kerl angestellt hat, sollte er nicht auch noch mit einem Stück Kuchen belohnt werden«, meinte Schwester Agnes.

»Stimmt das?« Pater Cooney sah mich fragend an. »Was soll das, Jimmy? Was hast du angestellt?«

»Ich bin in Schwierigkeiten.«

»Schwierigkeiten? Was für welche?«

Ich ließ den Kopf hängen und sagte kein Wort. Pater Cooney schob den Kuchenteller vor mich hin. Schwester Agnes verschränkte die Arme. Ihr Blick war deutlich: Rühr' bloß den Kuchen nicht an. Ich rutschte tiefer in den Stuhl und hielt die Hände im Schoß. Pater Cooney betrachtete uns beide. Dann nahm ich einen Arm unter dem Tisch hervor und griff nach der Gabel. Der Kuchen sah teuflisch gut aus und hatte eine ganz dicke Schicht Schokoguß. Ich warf einen kurzen Blick zu Schwester Agnes. Sie verbot mir, davon zu probieren. Und als ich mit der Gabel ein Stückchen nehmen wollte, kam sie an den Tisch und legte ihre Hand auf meinen Arm.

»Du hast Pater Cooney noch nicht erzählt, warum du hier bist.«

Ich ließ zwar die Gabel nicht los, aber beschämt senkte ich den Kopf. »Ich bin verhaftet worden, Pater. Ich bin zusammen mit einem anderen Jungen erwischt worden, als ich Straßenlaternen zerschmissen habe.«

»Stimmt das wirklich?« staunte Pater Cooney.

Ich erzählte ihm, wie sich alles abgespielt hatte.

»Der andere war kein Katholik«, fing ich an. »Und wenn ich klug gewesen wäre, hätte ich mich gar nicht mit ihm zusammengetan.«

»Es gibt keinen Grund, warum du nicht auch mit Nicht-Katholiken spielen solltest, vorausgesetzt, es sind gute Jungens.«

»Er ist ja nicht gerade ein unrechter Kerl«, erwiderte ich. »Nur, er behauptete, daß er mehr Lampen treffen würde als jeder katholische Junge der Stadt.«

»Und wer hat gewonnen?« fragte der Pater.

»Unentschieden. Jeder zwei.«

»Auch das noch.«

Er nahm wieder einen großen Bissen Kuchen und danach einen Schluck Kaffee. Ich versuchte es noch einmal mit meiner Gabel, und diesmal hielt mich Schwester Agnes nicht zurück. Der Kuchen zerging auf der Zunge. Ich lehnte mich zurück und ließ die dicke, süße Schokolade im Mund zergehen. Es war ein Genuß bis in den Magen hinunter.

»Hervorragend«, schmatzte ich.

Pater Cooney bot Schwester Agnes noch einmal einen Stuhl an.

»Diesen Kuchen müssen Sie probieren«, sagte er. »Er schmeckt einfach wunderbar.«

»Nein danke, Pater. Im Kloster wartet das Abendessen auf mich. Ich habe diesen Jungen hergebracht, weil er meiner Meinung nach eine Zurechtweisung verdient. Die Zerstörung öffentlichen Eigentums ist ein schweres Delikt.«

»Das stimmt, es ist ein ernstes Vergehen«, erwiderte Pater Cooney. »Er verdient eine gerechte Strafe.«

Schwester Agnes ging es gleich besser. Mich ließ das alles kalt. In unserer Pfarrgemeinde gab es einen Mann namens Phipps, der verhaftet worden war, weil er seine Frau geschlagen hatte. Auch ihn wollte Pater Cooney schwer bestrafen. Aber alles, was er unternommen hatte, war, Phipps aus dem Knast zu holen und seine Miete und seine Lebensmittelrechnungen zu bezahlen.

»Ich rufe gleich Mr. Kennedy an«, sagte Schwester Agnes.

»Hervorragende Idee«, meinte der Pater.

Der Kuchen schmeckte plötzlich ziemlich flau, und der nächste Bissen blieb mir im Hals stecken. Schwester Agnes verabschiedete sich von Pater Cooney. An der Tür blieb sie stehen und gab mir zu verstehen, daß ich später noch einmal bei ihr vorbeischauen sollte. Als sie weg war, ging es mir besser. Pater Cooney ließ mir ein Glas Milch bringen und gab mir noch ein Stück Kuchen. Wir saßen eine ganze Zeit lang ruhig da und aßen. Als ich fertig war, lehnte ich mich zurück. Pater Cooney zündete sich eine Zigarre an.

»Gestern abend habe ich im Buch des Heiligen Paulus gelesen«, fing der Pater an. »Er war ein wunderbarer Mann – wirklich wunderbar.«

Jetzt ging es los. Jetzt kam eine Predigt über den Heiligen Paulus, und jeder in der Pfarrgemeinde konnte nur bestätigen, daß Pater Cooney die schlechtesten Predigten in der ganzen Diözese hielt.

»Der Apostel Paulus vertraute nicht nur der Glaubenslehre, sondern auch den guten Taten. Nicht nur das bloße Lippenbekenntnis, sondern auch Frömmigkeit und gute Taten; so ging er als gutes Beispiel den ersten Christen und auch den Heiden voran.«

»Jawohl, Pater.«

Er klopfte die Asche von der Zigarre und beugte sich nach

vorne. »Mein Junge, laß es mich mal so ausdrücken: Was wäre wohl passiert, wenn der auserwählte Apostel in den Anfängen des Christentums statt als Vorbild für gute Taten zu leben, umherspaziert wäre und Straßenlaternen eingeworfen hätte? Hätte das Christentum da eine Chance gehabt?«

»Überhaupt keine«, erwiderte ich.

»Na siehst du.«

»Gab es damals eigentlich schon Straßenlaternen?«

»Vielleicht ja, vielleicht nein. Nichtsdestoweniger leuchtete das Licht des Glaubens in den Herzen des Heiligen Paulus und seiner treuen Anhänger. Ihr Wille war stark genug, um der Verfolgung und dem Tod mit aufrichtiger Freude zu trotzen. Bei diesen demütigen Männern brannte das Licht christlicher Barmherzigkeit und Brüderlichkeit mit der Kraft ihrer gütigen Herzen. Wo sie auch waren, gingen sie mit gutem Beispiel voran und waren beliebt bei jedermann. In ihnen brannte nicht das Feuer der Zerstörung oder der Zertrümmerung. Es war das Licht des Glaubens, der Güte, der Brüderlichkeit. Verstehst du, was ich meine, mein Sohn?«

»Jawohl, Pater.«

»Na gut. Schön. Magst du noch etwas Kuchen?«

»Nein danke, Pater.«

Er schob seinen Stuhl zurück und erhob sich.

»Du kannst jetzt gehen.«

Er legte mir die Hand auf die Schulter und begleitete mich zur Tür.

»Ich spreche mal mit der Städtischen Energieversorgung und regle die Sache. Aber versprich mir, daß das nicht wieder vorkommt.«

»Versprochen.«

Ich fühlte mich wie ein Mann, als er mir die Hand schüttelte. »Gute Nacht, Jim.«

»Gute Nacht, Pater. Und danke für den Kuchen.«

Inzwischen war es kurz vor sechs. Die Nonnen wohnten im Westflügel des Schulhauses. Ich mußte noch einmal zu Schwester Agnes und so beschloß ich, zum Nebeneingang zu gehen. Um diese Zeit war es höchst unüblich, am Hauptportal des Klosters zu klopfen. Das konnte nur bedeuten, daß irgendein Kerl in der Klemme saß. Außerdem war um diese Zeit Schwester Maria Thomasa in der Klosterküche. Sie kochte für die Nonnen. Und da fiel immer ein Plätzchen oder ein Stück Kuchen ab.

Ich klopfte, und Schwester Thomasa öffnete die Tür. Sie war die älteste Nonne im Kloster. Irgendjemand hatte gesagt, daß sie schon fast siebzig sei. Ihr Gesicht war wegen der Ofenhitze leuchtend rot und ihre Hände waren mehlig. Die Küche duftete wie das Paradies – nach Äpfeln und Zimt.

»Ich muß zu Schwester Agnes«, begrüßte ich sie.

»Dauernd mußt du zu Schwester Maria Agnes. Was ist es denn diesmal?«

»Nichts besonderes.«

»Natürlich nicht. Nur so ein Bankeinbruch oder so was. Und wahrscheinlich hast du auch gar keinen Appetit auf ein Stück Apfelkuchen.«

»Nur ein kleines Stückchen.«

»Verstehe, nur ein kleines Stückchen.«

Ich setzte mich auf die Stirnseite des riesigen Tisches, der fast so lang wie der Raum war. Auf dem Tisch standen sechs dampfende Apfeltorten. Schwester Thomasa schnitt für mich fast einen halben Kuchen ab.

»Wir hätten auch Erdbeereis dazu«, sagte sie, »aber vermutlich willst du gar keines; und wenn, auf jeden Fall ganz wenig, oder?«

»Nur mal probieren.«

Sie legte mir drei Kugeln Erdbeereis auf den Kuchen.

»Das ist aber reichlich.«

»Wirklich?«

»Wirklich.«

Der Kuchen war noch so heiß, daß das Eis sofort schmolz und eine rosafarbene Creme zwischen Zimt und Äpfel floß. Es schmeckte einfach himmlisch. Eigentlich fast besser als Pater Cooneys Kuchen. Erst als sich mein Teller langsam leerte, rief Schwester Maria Thomasa über das Haustelefon Schwester Agnes an. Alle Schwestern hatten ziemlichen Respekt vor Schwester Agnes. Als Oberin gab sie hier den Ton an.

Ich schob gerade den letzten Bissen in den Mund, als Schwester Agnes die Küche betrat.

»Was hat das zu bedeuten?« fragte sie.

»Er sah so hungrig aus«, verteidigte mich Schwester Thomasa.

»Hungrig? Der sieht doch immer hungrig aus – der Flegel.«

Ich stand auf und wischte mir mit dem Handrücken den Mund ab. Schwester Agnes stampfte vor Wut auf den Boden. Sie kam an den Tisch und knallte die Gabel auf meinen leeren Teller.

»Schwester Maria Thomasa, ich habe dir untersagt, diesem Kerl etwas zu essen zu geben. Ich hab's immer wieder gesagt: Kein Essen an die Jungs! Wie in Gottesnamen kann ich in dieser Schule auf Disziplin hoffen, wenn es statt Strafen nur Belohnungen gibt? Jetzt aber zum letzten Mal – kein Essen für die Jungs!«

Die arme, alte Schwester Maria Thomasa zuckte zusammen und starrte zu Boden. Ihre mehligen Hände wischte sie sich an der Schürze ab. Schwester Agnes drehte sich ruckartig zu mir, nahm die Brille ab und fixierte mich mit finsterem Blick.

»Und jetzt zu dir, du Halunke. Du Taugenichts. Nach all der Schmach, die du über deine Seele gebracht hast, nach all den Demütigungen, die du deiner Kirche und deiner Stadt angetan hast, besitzt du die Unverfrorenheit, mir vor die Augen zu treten – vollgestopft mit Schokoladenkuchen und Apfeltorte!« Sie sah auf meinen Teller. »Und mit Erdbeereis!«

Ich scharrte ein wenig mit den Füßen und blieb stumm.

»Also, was hast du zu deiner Verteidigung zu sagen? Vermutlich gar nichts.«

Ich mußte jetzt schnell handeln. Ich ließ den Kopf sinken und fing an zu schluchzen.

»Was hat Pater Cooney zu dir gesagt?« bohrte sie weiter.

Ich war wie zugeschnürt. Wie versteinert blieb ich stehen, starrte auf meine Schuhe und heulte vor mich hin. Der guten alten Schwester Thomasa war die Verzweiflung ins Gesicht geschrieben, sie hatte Mitleid mit mir. Nur Schwester Agnes blieb hart.

»Ja, jetzt heulst du.«

Ich ließ mich auf einen Stuhl fallen, vergrub das Gesicht in den Händen und schluchzte bitterlich. Meine tiefen Seufzer hallten in der Küche wider. Keiner sagte etwas.

Schließlich beendete Schwester Agnes das Schweigen: »Na, wenigstens hast du noch einen kläglichen Rest an Anstand.«

Ich heulte wieder los.

»Du gehst jetzt besser nach Hause.«

Ich hielt das Gesicht bedeckt und schleppte mich zur Tür. »Gute Nacht, Schwester Thomasa.«

»Gute Nacht, James.«

»Und danke für den Kuchen«, wimmerte ich.

Als ich die Tür öffnete, kam Schwester Agnes auf mich zu. »Augenblick mal.« Sie legte die Hand auf meine Schulter und lächelte – es war ein mildes und versöhnliches Lächeln. »Ich glaube, dir tut's wirklich leid, was du heute angestellt hast.«

»Mir geht's hundeelend.« Ich ließ den Kopf unten. »Diese Straßenlaternen, der ganze Kuchen. Es ist schlimm.«

Mit zwei Fingern drückte Schwester Agnes meinen Kopf hoch. »Mir tut's auch leid. Aber nachdem du echte Reue gezeigt hast, wollen wir versuchen, das ganze zu vergessen.« Und wieder lächelte sie. »Und was deinen Vater angeht, da mach dir mal keine Sorgen. Ich rufe ihn nicht an.«

»Donnerwetter, Schwester! Vielen Dank!«

»Und jetzt lauf nach Hause, so schnell du kannst. Und wirf nicht wieder mit Steinen – oder sonst was.«

Ich rannte davon, schnurstracks über den Rasen. Außer daß ich zuviel gefuttert hatte, fühlte ich mich recht gut. Über den Rasen fielen die langen, kalten Schatten der Ahornbäume, hinter den schwarzblauen Bergen verschwand langsam die goldene Sonne. Erst einige Straßen weiter blieb ich stehen und dachte mit Schrekken an die Reaktion meines Vaters, wenn er davon erfahren hätte. Mir stockte der Atem.

Mir fiel das kurze Gebet wieder ein, mit dem ich bei Gott um Gnade und Verschwiegenheit gebeten hatte. Ehrfurcht ergriff mich. Ich lehnte mich an einen dieser Ahornbäume in der Zehnten und fing an zu heulen. Natürlich nicht so wie in Schwester Thomasas Küche. Diesmal war's echt, haltlos und ergreifend. Ich konnte gar nicht mehr aufhören. Aus Verzweiflung löste ich etwas Baumrinde ab und heulte noch eine ganze Weile. Und dann ging ich heim.

Old Red Devil

1

Frank Gagliano glaubte an alles, nur nicht an Gott. Er war ein sehr eigenartiger und ungewöhnlicher Bauarbeiter, denn er setzte die Ziegel mit der linken Hand. Und wie mein Vater kam Frank aus Torcella Peligna, einem Ort, der an einem Steilhang der Abruzzen klebte. Das ganze Jahr über trug er eine Lederkappe und Wickelgamaschen, er war spindeldürr und hatte solche O-Beine, daß ein Hund bequem zwischen ihnen hindurchmarschieren konnte.

Frank war der beste Freund meines Vaters – nicht immer, aber meistens. Immer und auf alle Ewigkeit war er der Todfeind meiner Mutter. Im Denken meiner Mutter war Frank Gagliano ein böser Teufelsanhänger und seine finstere Lebenseinstellung ließ ihr das Blut in den Adern gefrieren. Gleich nach der Schmach eines Priesters ohne seinen Rock war für sie der Atheismus der würdeloseste Zustand des Menschen.

Man schrieb das Jahr 1925, und es war Sommer in Colorado. Ich war zehn Jahre alt. Ich saß mit Buck, meinem Airedale, auf den Stufen der Veranda, als mein Vater und Frank die Arapahoe Street hochkamen. Lange bevor sie in Sicht waren, hörte ich schon Franks schneidende, metallische Stimme, so laut und grell, daß die Ulmen zu zittern schienen. Buck öffnete ein Auge, stellte die Ohren auf und begann zu knurren. Er empfand dieselbe Abneigung gegen Gagliano wie meine Mutter, die nun, nachdem sie seine dröhnende Stimme gehört hatte, auf die Veranda trat, mit einem Besen in ihrer Hand. Ihre grünen Augen blitzten vor Abscheu und sie stand über Buck und mir wie der Erzengel Gabriel, der das Grab des Herrn bewacht. Als Frank und mein Vater in den Hof einbogen, stellten sich Bucks Nackenhaare auf, wie die Borsten eines Stachelschweins, und er knurrte mit gefletschten Zähnen. Meine Mutter hielt ihnen ihren Strohbesen entgegen.

»Bleib wo du bist, Frank Gagliano!« befahl sie. »Du bist in diesem Haus nicht willkommen.«

»Hör auf damit!« verlangte Papa. »Dieser Mann ist mein Freund. Er wird mit mir ein Glas Wein trinken, und seine Ansichten gehen dich nichts an.« Er nahm Gagliano am Arm. »Komm, Frank. Hör nicht auf sie. Dies ist vor allem mein Haus.«

Doch Frank rührte sich nicht. Er lächelte schmierig und hob beschwichtigend die Hand. »Moment mal«, sagte er. »Damit das ein für allemal klar ist. Verehrte Frau, Sie sind zwar nicht mit dem einverstanden, was ich denke – aber habe ich Ihnen je etwas getan?«

»Sie hassen Gott!« schleuderte meine Mutter ihre Worte heraus. »Und keiner, der Gott haßt, wird das Haus entweihen, wo ich mit meinem Mann und meinen Kindern lebe.«

»Sie verstehen mich völlig falsch, gnädige Frau«, sagte Frank und versuchte vernünftig zu sein. »Ich hasse Gott nicht. Ich glaube nur einfach nicht an ihn.«

Meine Mutter schnappte nach Luft. Frank hätte nichts Schlimmeres sagen können. Sie ärgerte sich über sich selbst, daß sie überhaupt mit ihm gesprochen hatte. Sie warf meinem Vater einen gefährlichen Blick zu.

»Schaff ihn hier weg«, warnte sie ihn. »Wenn er hereinkommt, gehe ich.« Sie verschränkte die Arme und drückte den Besen an sich. »Such dir's aus. Er oder ich!«

Ihr Ultimatum brachte Buck auf die Vorderbeine und ein heftiges Grollen kam aus seinem Innern. Franks kleine schwarze Augen richteten sich aufmerksam auf den Hund.

»Ich hab' auch nichts gegen Ihren Hund«, sagte er.

Mein Vater bedachte Mamma mit einem giftigen Seitenblick und legte Frank freundschaftlich seine Hand auf die Schulter. »Weißt du was, Frank? Geh hinten herum zum Werkzeugschuppen, und ich besorg' den Wein. Dann trinken wir in Ruhe einen.«

»Ist mir recht«, sagte Frank. Er starrte auf Buck. »Und was ist mit der räudigen Töle?«

»Er wird dir nichts tun«, sagte Papa. »Er blufft nur. Ein Großmaul.«

»Das ist nicht wahr!« sagte ich. »Er schafft alles und jeden!«

Frank machte einen Schritt vorwärts. Behende wie ein junges Mädchen trat meine Mutter von der Veranda herunter und verstellte ihm den Weg. Buck war sofort an ihrer Seite und grollte und geiferte.

»Verschwinde von hier, Buck!« befahl mein Vater. Er wandte sich an mich. »Räum den Köter aus dem Weg.«

Ich sprang auf und langte nach Bucks Halsband. Er wirbelte schnell herum und biß mich in drei Finger. Es war kein bösartiger, tiefer Biß, sondern nur seine Warnung, mich herauszuhalten.

Ich heulte auf und lutschte an meinen Fingern. Meine Mutter zog mir die Hand aus dem Mund und untersuchte die Abdrücke der Zähne auf meinen Fingerknöcheln. Die Haut war nicht angekratzt.

»Schau ,was du getan hast!« Sie starrte Frank an. Wutentbrannt stieß sie ihren Besen wie ein Bajonett nach vorne. »Verlassen Sie meinen Grund und Boden!«

»Dein Grund und Boden?« Vater war tief verletzt.

Frank zog sich auf die Straße zurück.

»Vergiß es«, höhnte er. »Vergessen wir die ganze Sache!« Seine Stimme schepperte zwischen den Häusern. »Ich denke, ich weiß, wann ich nicht erwünscht bin.«

Er schritt auf dem Gehsteig davon, mit Buck an den Fersen, der nach seinen Wickelgamaschen schnappte. Mein Vater schrie vergeblich nach dem Hund. Plötzlich drehte sich Frank Gagliano herum und trat mit dem linken Fuß zu.

Obwohl er Buck verfehlte, stieß dieser ein Schreckensgeheul aus und rannte zur Straßenmitte. Aus der sicheren Entfernung verfolgte er Frank mit wütendem Gebell.

Meine Eltern standen sich gegenüber. Es war eine der seltenen Gelegenheiten, bei der meine Mutter ihren Willen in einem Familienstreit durchgesetzt hatte. Ihre Entschlossenheit, nicht unter seinem bitteren Hohn zu brechen, ihre nachdrückliche Ablehnung und ihre blitzenden Augen zwangen meinen Vater widerwillig und verwirrt zur Aufgabe. Überdrüssig sank er auf die Verandastufen. Er nahm den Kopf in die Hände und schaukelte vor und zurück.

»Gott, hilf mir doch«, stöhnte er.

Meine Mutter stürmte an ihm vorbei in das Haus und knallte die Fliegentür zu. Er langte in seiner Brusttasche nach einem Zigarrenstumpen und stieß ihn zwischen die Zähne. Während er in seinen Hosentaschen nach einem Zündholz klaubte, flog die Fliegentür auf und Mama betrat wieder die Bildfläche. Sie hielt eine Bastflasche vor ihrer Brust umklammert. Ich erkannte die Flasche. Sie enthielt Weihwasser – besonders für den Gebrauch im und um das Haus gesegnet.

(Meine Mutter und meine Großmutter verließen sich in vielen Dingen auf Weihwasser. Es wurde im Zimmer eines Kranken verspritzt oder im Zimmer eines Kindes, das schreiend aus einem Alptraum erwacht war. Während eines Unwetters wurde es an den Türrahmen geträufelt. In unserem Haus fand es seine hauptsächliche Verwendung im Dachboden, von dem wir zwei- oder dreimal im Jahr unerklärliche Schritte hörten.)

Meine Mutter entkorkte die Flasche und ging die Stufen hinunter zu der Stelle, an der Frank Gagliano gestanden hatte. Sie goß etwas Wasser in ihre Hand und sprenkelte es auf den Boden. Dann ging sie zur Straße, dabei verstreute sie die Wassertropfen wie ein

Bauer seine Saat und befreite so den Hof von allem, was von Frank Gagliano zurückgeblieben sein mochte. Mein Vater war so angewidert, daß er den Kopf senkte und die Augen zusammenkniff, als könne er so die Szene auslöschen. Als Mamma zur Veranda zurückkehrte, erhob er sich und sah ihr mit stumpfem Blick entgegen. Schnell füllte sie ihre Hand mit Weihwasser und goß es ihm übers Gesicht.

2

Meine Mutter konnte zwar Frank Gagliano aus unserem Haus vertreiben, aber seine Verbindung zu meinem Vater war eine berufliche Tatsache, die sie hinnehmen mußte. In diesem Jahr zogen mein Vater, Gagliano und noch ein Maurer die Wände vom neuen J. C. Penny Markt in der Geschäftsstraße von Boulder hoch.

Ich war ebenfalls ein Mitglied der Arbeitertruppe meines Vaters – ich war der Wasserjunge. Jede halbe Stunde kam ich über das Baugerüst mit einem Eimer Trinkwasser, in den ich den Saft einer Zitrone gepreßt hatte. Die Maurer tunkten einen Blechnapf in den Eimer, spülten den Mund, spuckten in die Tiefe und tranken.

Es war ein wertvoller und wichtiger Job für ein Kind, und das um so mehr die Mauer wuchs und das Gerüst höher wurde. Ein paar Schaulustige waren immer zur Stelle, wenn ich mit dem Eimer in der Hand die Leiter hochturnte. Oft stand einer meiner Spielgefährten unten und manchmal winkte ich kühn hinunter. Mein Vater stattete mich mit derselben Zeitkarte aus wie die Mörtelträger und Maurer, und ich unterschrieb sie am Ende jedes Arbeitstages. Ein idealer Job, wenn man von der Anwesenheit von Frank Gagliano einmal absah.

Mittags hatte ich die Ehre, zusammen mit den Männern aus meinem eigenen Henkelmann zu essen, und die Maurer, Zimmerer und Elektriker behandelten mich wie einen Mann. Sie sprachen über Jagen, Fischen und Baseball, und sie hörten auf mich, wenn ich etwas sagte oder fragte. Aber kaum hatten die Arbeiter ihre Brotzeit beendet und griffen zur Zigarette, lenkte Frank Gagliano die Unterhaltung in seine Richtung. Bis dahin schweigsam, drängte er sich mit einer Einleitung wie dieser dazwischen: »Kennt ihr die Geschichte von dem Monsignore und den drei Ministranten?«

Seine scharfe, schneidende Stimme zog die Aufmerksamkeit sofort auf sich, denn die Männer mochten seine schlüpfrigen Geschichten. Dann machte er eine deutliche Pause, lang genug, damit mein Vater mich anblicken und nicken konnte. Das war das Zeichen, daß ich mich verdrücken sollte, und Frank konnte frei sprechen, ohne die hinderliche Gegenwart eines unschuldigen Jungen.

Mein Stolz war mehr verletzt als meine Unschuld, als ich mich wegstahl. Ich haßte Frank Gagliano dafür, daß er mich zu einem Jungen degradierte, während doch die anderen mich als Mann behandelten.

Mir blieb dann immer nichts anderes übrig, als mich zähneknirschend auf einen Sandhaufen oder einen Stapel Bauholz zu setzen. Meine Mutter hatte recht, die wertlosesten und verabscheuungswürdigsten Menschen auf dieser Welt waren Atheisten. Gelächter brach aus, als Frank den Arbeitern die Pointe hinknallte, und ich haßte ihn von ganzem Herzen und schämte mich, daß ich so jung war.

Auf die eine oder andere Art trampelte Frank Gagliano ständig auf mir herum. Da war die Sache mit meinem Lohn. Mein Vater zahlte mir drei Cent die Stunde, das waren 24 Cent pro Tag und einen Dollar zwanzig pro Woche. Das schien ein mehr als angemessener und großzügig klingender Betrag. Aber eines Tages kam ich darauf, daß Maurer zwei Dollar die Stunde verdienten, und ich war tief enttäuscht über mein mickriges Gehalt. Eine Gehaltsanpassung erschien vernünftig, und so kletterte ich über die Leiter auf das Gerüst, auf dem mein Vater und Frank Gagliano Seite an Seite arbeiteten.

Ich sagte meinem Vater, daß ich nicht genug Geld bekam. »Ich will eine Erhöhung.«

Er lehnte über der Mauer, sagte nichts und legte noch drei oder vier Ziegel. Dann richtete er sich auf, wischte sich den Schweiß aus dem Gesicht und schob seinen Hut ins Genick.

»Was glaubst du, was du wert bist?«

»Mehr als drei Cent die Stunde. Herrgott noch mal, ihr bekommt 200 Cent die Stunde! Das ist nicht fair.«

Er schaufelte eine Kelle voll Mörtel und klatschte ihn auf die frische Mauer. »Was ist dann fair? Wieviel willst du?«

Bevor ich antworten konnte, schmiß Frank seine Kelle auf das Mörtelbrett, so daß sie mit der Spitze stecken blieb. »Kann ich auch was sagen?« sagte er scharf.

»Nur zu«, antwortete mein Vater überrascht.

Frank sah mich finster an.

»Schau mal, Großmaul. Es geht mich zwar nichts an, aber wer zum Teufel zahlt deine Schuhe?«

Mir blieb der Mund offen, ich war verblüfft.

»Mein Vater.«

»Und wer gibt dir zu essen und wer zahlt die Arztrechnungen und den Friseur, und wer gibt dir ein Dach über dem Kopf?«

Ich schluckte und nickte zu meinem Vater.

»Er.«

»So, und jetzt willst du ihm also in die Tasche fassen und ihn bestehlen wie ein kleiner billiger Gauner!«

In seine Tasche fassen? Ihn bestehlen? Ich und ein kleiner billiger Gauner? Ich konnte mir solche schlimmen Sachen nicht mal vorstellen. Meine Mutter hatte mit den Atheisten recht: Sie waren fürchterliche Leute, wahrlich eine Teufelsbrut. Tränen sammelten sich in meinen Augen, und in mir stieg ein wachsendes Gefühl der Wut hoch.

»Halt's Maul!« sagte ich. »Du bist nichts als ein verdreckter, verfilzter, versauter Atheist!«

Er klatschte sich auf die Schenkel und bog sich vor Lachen. Ich wandte mich ab und rannte weg, das Gerüst entlang, die Leiter hinunter, am Ziegelstoß vorbei, über einen Wall von Zementsäkken hinweg, hinunter in den Keller, der riesig war und feucht roch.

Ich haßte Frank Gagliano, so wie ihn meine Mutter haßte und wie ihn mein Hund haßte. Ich stand auf einem Haufen von Ziegelscherben, und der Haß fraß mich schier auf. Ich hob kleine gezackte Ziegelstücke auf und zersplitterte sie an der frischen Betonwand.

Ich wünschte, Gott würde ihm den Tod bringen und anschließend über ihn richten. Zusammengekauert sollte er auf der Anklagebank sitzen und der zornige Finger Gottes sollte ihn zur Hölle verdammen. Ich malte mir aus, wie er dort schmoren würde, in einem großen Kessel mit heißem Öl. Der Teufel würde ausgelassen um Gagliano herumtanzen, sein roter Schwanz würde hin- und herpeitschen und er würde Gagliano mit einer dreizackigen Gabel durchbohren. Dann erlosch mein Haß, mein Arm tat weh vom Werfen der Ziegelbruchstücke, meine Finger waren aufgeschürft und brannten. Ich setzte mich in eine Ecke und verschränkte die Arme. Das war's. Ich war im Streik. Der »kleine billige Gauner« würde den Maurern kein Trinkwasser mehr liefern. Sie werden es schon sehen, wie es ohne mich ist.

Eine Stunde saß ich da, bis die Glocke des County-Gebäudes zwölf schlug. Ich beobachtete durch die glaslosen Fenster, wie die Maurer sich am Werkzeugschuppen versammelten und ihre Brotzeit auspackten.

Mein Vater tauchte im sonnenhellen Eingang auf, er suchte nach mir. Er sah mich am anderen Ende des langen Kellers und kam auf mich zu. Seine Schritte hallten vom Gewölbe zurück. Er stand über mir, sah auf mich nieder und sagte: »Geht's wieder?«

Ich nickte und er ging in die Hocke.

»Laß dir von Frank keine Angst machen. Er redet nur.«
»Kannst du ihn nicht rauswerfen oder wenigstens bestrafen?«
»Er ist ein guter Maurer, einer der besten.«
»Er ist ein Atheist. Und er bringt Unglück.«
»Jetzt redest du wie deine Mutter.«
Ich sah ihn an.
»Papa, glaubst du an Gott?«
»Was hat das damit zu tun?«
»Glaubst du, Gott mag es, wenn du jemand einstellst, der nicht an ihn glaubt?«
»Sei kein Jammerlappen«, sagte er und stand auf. »Jeder will an Gott glauben. Weißt du das nicht? Und wenn jemand es nicht kann, dann kann er es eben nicht. Aber das geht nur ihn etwas an.«
Frank Gaglianos Stimme dröhnte los.
»Bist du da, Nick?«
»Hier«, rief mein Vater.
Frank kam auf uns zu. Schutt knirschte unter seinen Stiefeln. Ich steckte meinen Kopf zwischen die Knie, damit ich ihn nicht ansehen mußte. Das ärgerte meinen Vater.
»Los, komm hoch!« befahl er.
Ich stand auf. Frank lächelte und streckte seine Hand aus. »Tut mir leid, daß ich dich geärgert habe, Junge.« Seine Hand hing in der Luft wie die Zange eines Krebses. »Manchmal rede ich zuviel. Ich mein's nicht böse.«
»Geht in Ordnung«, sagte ich, und wir gaben uns die Hand.
Er grinste und fuhr mir mit seinen Fingern durchs Haar. Er wandte sich an meinen Vater. »Hast du ihm von der Erhöhung erzählt?«
Papa lächelte.
»Dein Lohn ist auf satte fünfundzwanzig Cent pro Tag in die Höhe geschnellt.«
Rechnen war mein schwächstes Fach, aber fünfundzwanzig

Cent pro Tag, das klang kolossal, und ich sagte, »Super, vielen Dank, Papa!«

»Es war Franks Idee«, sagte Papa großspurig.

Ich sah Gagliano an und lächelte dankbar und schuldbewußt. Ich hatte diesen Mann völlig falsch beurteilt. Atheisten sind vielleicht doch nette Menschen.

»Vielen Dank, Frank.«

»Schwamm drüber«, sagte er spöttisch. »Was Recht ist, muß Recht bleiben. Wie ich schon deinem Vater sagte: Du bringst uns ein höllisch gutes Wasser. Das beste, das ich je getrunken habe.«

Wir lachten und machten uns auf den Weg durch den Keller zu unseren Eßpaketen. Die anderen hatten schon mit dem Essen begonnen. Während der ganzen Mittagspause schwieg Frank, und die Männer sprachen vom Baseball und vom Fischen. Kein einziges Mal setzte er zu einem seiner Lieblingsthemen an: Nonnen, Priester, dem Papst oder irgendeiner seiner schmutzigen Mönche, die seine bizarre Gedankenwelt bevölkerten.

Nach dem Mittag errechnete ich mit einem Bleistiftstummel auf einem Holzbrett meine Erhöhung in Dollar und Cent. Ich konnte soviel nachrechnen wie ich wollte, die Antwort blieb die gleiche: Die Gesamterhöhung pro Tag betrug genau einen Cent. Statt einem Dollar und 20 Cent pro Woche verdiente ich jetzt einen Dollar und 25 Cent. Ich hatte um eine Erhöhung gebeten und – dank Frank Gagliano – war sie mir gewährt worden. Aber der Anstieg auf den neuen Lohn genügte kaum, um meine Zukunft zu sichern. Die Sache war klar. Frank Gagliano hatte mich angeschmiert. Ich fühlte mich so minderwertig und unterdrückt wie immer.

3

Der Mörtelträger meines Vaters war ein Schwarzer namens Farley Vincent (Pat) Blivins. So stand es auf den Visitenkarten, die er herumreichte. Unter seinem Namen stand die Erläuterung: Bergbau Unternehmungen, und darunter seine Adresse: Hauptpostlagernd, Boulder, Colorado. Aber niemand sprach ihn jemals als Farley, Vincent, Pat oder gar Blivins an. Jeder nannte ihn nur Speed.

Er war ein großer, schmalbrüstiger Mann, der sich mit der schwerfälligen Anmut einer Boa Konstriktor bewegte, und niemals war er ohne Pfeife im Mund. Er hatte die Pfeife so viele Jahre zwischen seinen sonst weißen und makellosen Zähnen stecken, daß sich eine runde Aussparung gebildet hatte.

Speed Blivins war ein Einzelgänger. Ob bei der Arbeit oder sonstwo, er hielt sich von den anderen Arbeitern fern. Weil er Kalk löschen und den Mörtel für die Maurer anrühren mußte, kam er immer eine Stunde früher zur Arbeit als die anderen. Noch dazu war er elegant unterwegs: Üblicherweise kam er in einer schreiendgelben Marmon-Limousine mit roten Ledersitzen, Weißwandreifen und glitzerndem Chrom-Zierrat vorgefahren. Sein Marmon war ein Blickfänger, dieses Wunder auf Rädern zog Kinder wie die Fliegen an. Sie stellten die üblichen Fragen: Wieviel PS, wie hoch er drehte, was er Spitze fuhr, wieviel Sprit er brauchte. Speed stand den ganzen Tag vor der Baustelle des J.C. Penny Markts bereit für diese Fragen und beantwortete sie in einem weichen, geschmeichelten Tonfall. Nachdem die Kinder verschwunden waren, zog er ein Taschentuch heraus und wischte die Fettfinger von der kostbaren Lackfläche des Wagens.

Mein Vater und die anderen Maurer kamen stets in Arbeitskleidung zur Arbeit, nicht so Speed. Wenn er ankam, trug er schwarze Lederhandschuhe, einen Maßanzug, weißes Hemd mit Krawatte und polierte Schuhe. Er stieg aus dem Marmon, klemmte sich eine

Ledermappe unter den Arm und schlenderte zum Werkzeugschuppen, wo er seine Kleider gegen einen Overall tauschte.

Bis um acht Uhr hatte er sich bereits ein dutzendmal die Gerüstleiter auf und ab geschlängelt, wobei er geschickt ganze Tröge voll Mörtel und Ziegelsteine zu den Arbeitsplätzen der Maurer brachte. Er war ihrem Bedarf immer ein gutes Stück voraus, und das gab ihm Zeit für seine Bergbau Unternehmungen.

Er öffnete die Ledermappe und nahm Bündel von Aktien heraus. Auf einem improvisierten Pult aus einem Mörtelbrett und übereinandergestapelten Ziegeln als Tischbeine breitete er sie dann aus. Speed Blivins war ein richtiger Spekulant. Er kaufte und verkaufte Minenanteile.

»Mörteltröge füllen bringt kein Geld«, sagte er mir. »Damit schlag' ich nur die Zeit tot, bis ich den Treffer mache.«

Jeden Tag zahlte er mir 5 Cent, damit ich zum Bahnhof rannte und die Denver Post holte, die gerade mit dem Zug aus Denver gekommen war. Er schlug den Wirtschaftsteil auf und prüfte den Fortschritt seiner verschiedenen Papiere, die er mit einem Ziegelstück beschwert hatte, damit sie ihm nicht fortgeweht wurden. Es waren Pfenniganteile, von einem bis zehn Cent pro Aktie, die in Bündeln zu hundert, fünfhundert und tausend verkauft wurden.

Ich teilte Speeds Begeisterung an seinen Anteilen. Wölkchen von aromatischem Prince Albert Tabak stiegen aus seiner Pfeife, wenn er sagte: »Shasta Glory steigt, Mann. Zwei Punkte heute. Hab' gerade elf Dollar verdient.«

Bei den Namen seiner Aktien stockte mir der Atem. Golden Honey, Johns Folly, Colorado Boy, Molly Maguire, Silver Moon, Midas Touch, Lords Prayer. So oft seine Aktien stiegen, so oft fielen sie auch. Manche fielen und fielen von einem halben Cent auf einen viertel und schließlich zur Bedeutungslosigkeit.

Nicht jedoch Shasta Glory, eine leicht reizbare, wetterwendische Aktie. Nie blieb sie stehen, immer bewegte sie sich aufwärts oder abwärts. Shasta Glory fesselte mich so sehr, daß ich die

Aktiennotierungen gleich aufschlug, nachdem ich die »Post« am Zeitungsstand des Bahnhofs gekauft hatte. Wenn Shasta Glory gestiegen war, rannte ich die drei Blocks zur Baustelle und wedelte aufgeregt mit der Zeitung, sobald Speed in Sicht kam. Wenn die Aktie gefallen war, ging ich langsam zurück und Speed kannte die Marktlage, bevor er auch nur einen Blick auf die Notierungen geworfen hatte. Er besaß 20.000 Anteile an Shasta Glory, dafür hatte er 200 Dollar bezahlt, seine größte Investition. Jedesmal, wenn ich ihren Namen las – Shasta Glory –, konnte ich förmlich die seltsame Kraft dieser Aktie spüren. Speed hatte mir erzählt, was dahinter steckte – es war eine Goldmine in Wyoming. Sie war eine hoffnungsvolle Macht, riesig und in der Tiefe der Erde eingeschlossen, bis sie eines Tages ins Freie brechen würde.

Die anderen Arbeiter schmunzelten über Speeds Geschäfte. Gebeugt von einem Trog voll Mörtel bewegte er sich schwerfällig über das Gerüst und lächelte gutmütig, wenn ihn die Maurer Mr. Rockefeller nannten und fragten, wie die Dinge in der Finanzwelt stünden. Wenn Frank Gagliano der Mörtel ausgegangen war, rief er vom Gerüst herunter: »He, Geldsack, was ist los – schon zur Ruhe gesetzt?«

Aber mein Vater behandelte Speed immer mit dem Respekt, der einem guten Mörtelträger gebührte. Er tat es nicht nur, weil er seit zehn Jahren zuverlässig für ihn arbeitete, sondern auch aus einem ungewissen Gefühl heraus, daß Speed tatsächlich eines Tages schlagartig reich sein und abhauen würde, und gute Mörtelträger sind schwer zu bekommen.

Papa verteidigte Speed sogar. Frank behauptete, daß die Leidenschaft des Mörtelträgers für Aktien nichts anderes war als die Spielleidenschaft, die allen Schwarzen gemein sei.

»Er wäre besser dran, wenn er sein Geld für was rausschmeißen würde, was er kennt, Würfeln zum Beispiel. Was hat ein Nigger an der Börse verloren? Er spinnt.« Frank öffnete seine Proviantschachtel und biß kräftig in ein Salamibrot.

»Du fährst keinen Marmon«, antwortete mein Vater. »Und während du ein paar Stullen ißt – wo, glaubst du, sitzt Speed?« Er zeigte mit dem Daumen in Richtung Pearl Street und nickte. »Er steckt im Tuxedo Cafe, schlürft Suppe und genehmigt sich das Spezial Menü. Also, wer spinnt, er oder du?«

4

An einem schwülen Morgen im August kamen mein Vater und ich zur Baustelle, und eine ungewöhnliche Stille irritierte uns. Irgend etwas fehlte. Mein Vater schob den Hut ins Genick und lauschte. Er hatte einen sechsten Sinn für Schwierigkeiten. Es fehlte das Rumpeln des Betonmischers, der nicht wie gewöhnlich in der Morgenluft rumorte. Er ging hinüber zu der kleinen mörtelbespritzten Maschine und sah sich um. Speed Blivins war nicht da.

»Er ist sicher krank«, sagte mein Vater. »Er muß krank sein.«

Die Glocke vom County-Gebäude schlug acht und, Mörtelträger hin oder her, Luke und Frank stiegen aufs Gerüst und gingen an ihre Plätze. Sie waren in der Gewerkschaft, sie erfüllten ihre Pflicht, sie waren bereit und willens zu arbeiten. Wenn es keine Ziegel zu legen gab und keinen Mörtel dazu, dann war das nicht ihr Problem. Sie bekamen trotzdem zwei Dollar die Stunde.

Mit einem enttäuschten Seufzer übernahm Vater Speeds Arbeit und begann Sand zu sieben. Er arbeitete heftig, mit unterdrückter Wut. Frank und Luke standen auf dem Gerüst, rauchten und sahen gemütlich zu. Ich nahm eine Schaufel. Ich wollte helfen.

»Hau ab«, brummte mein Vater.

Er richtete seine Aufmerksamkeit auf den Betonmischer und schlang ein Seil um das Starterrad. Aber die Maschine zündete nicht. Zwanzigmal legte er das Seil um das Schwungrad, aber die Maschine würgte, spuckte und bockte wie ein Maultier, das nur Speed gehorchte. Fast eine halbe Stunde lang kämpfte mein Vater mit ihr, trat, verfluchte und stieß sie, bis seine Hände mit Schmierfett bedeckt waren und sein Ärger förmlich zu riechen war wie der stechende Geruch von Schwefel. Ich zog mich ängstlich zurück und versteckte mich hinter einem Stapel Ziegel.

Die Wut meines Vaters richtete sich nicht gegen Speed oder die umherstehenden Maurer oder gar gegen den Betonmischer. Es war der allmächtige Gott, den er anklagte. Gott, der vielleicht Armlängen entfernt war, der ihn quälte und sich über ihn lustig machte und kehlige Flüche aus ihm hervorbrachte.

Sogar als die Maschine endlich startete – sie tat es mit einem unvermittelten und munteren Knall von lustigem, blauen Rauch – galt sein triumphierendes boshaftes Lächeln nicht dem Sieg über die Maschine, es war vielmehr ein höhnisches Grinsen zum allmächtigen Maschinisten, der es wieder einmal nicht geschafft hatte, ihm ein Bein zu stellen.

Aber die schwere Prüfung an diesem Augustmorgen hatte gerade erst begonnen. Nachdem er den Mischer mit den Zutaten gefüllt hatte, die sich zu Mörtel verbinden würden, begann er einen Trog mit Ziegeln zu füllen. Leider war er nicht Speed Blivins, ein enorm starker Mann, groß, grobknochig und mit zähen Muskeln. Er war klein und stämmig, und bei ihm lag die Stärke in Armen und Händen. Voller Angst sah ich zu, wie er wagemutig die Leiter hochstieg mit der trägen Masse eines Trogs und dreißig Ziegeln auf seinen Schultern. Sein Gesicht lief blau an, seine Augen traten hervor und seine Halsadern wurden dick wie Seile. Auf der halben Höhe der Leiter hielt er zitternd an, und ich bebte mit ihm, litt mit ihm, betete für ihn und haßte mich dafür, daß ich erst zehn war und so gänzlich nutzlos.

Aber all das war jetzt überflüssig, denn die Entschlossenheit meines Vaters verlieh ihm die Stärke von zehn Männern. Er würde es Luke und Frank beweisen oder dabei sterben. Er lud die Ziegel ab, stieg hinunter, füllte den riesigen Trog mit Mörtel und machte sich wieder zur Leiter auf. Ich dachte, das würde er nicht überstehen. Sogar Gagliano schrie, er solle aufhören, sich wie ein Narr zu benehmen, und es für heute bleiben lassen.

»Bitte, hör auf«, bettelte ich. »Du tust dir weh!«

Er zuckte zusammen, als er seine gequetschte Schulter gegen den Trog stemmte. Er trat zurück und rieb die schmerzende Stelle. Er zeigte auf einen Haufen leere Zementsäcke und befahl mir, ihm einen zu geben. Er faltete ihn mehrmals zu einem Polster und legte es auf seine Schulter. Dann ging er unter den Trog und wuchtete ihn hoch.

»Da!« schnappte er. »Probier's doch, verdammt noch mal, halt mich doch auf!«

Er sprach weder zu mir noch zu den Maurern noch zu sich selbst. Er richtete sich an Gott. Er taumelte die Leiter hoch wie der unters Kreuz gebeugte Heiland. Inzwischen hatte sich eine kleine Menge auf der Pearl Street versammelt, die ihn mit stummer Faszination beobachtete. Ihre Gegenwart spornte ihn in seiner Zähigkeit an, es machte ihm geradezu Freude, die lächerliche Tatsache zu beweisen, daß ein Packesel gleich einem Maultier war.

Es war ein langer, endloser Vormittag für meinen Vater. Während der Mittagspause schlief er ein. Er lehnte gegen den Werkzeugschuppen und schnarchte, als wäre es Nacht geworden und er würde in seinem Bett schlafen. In seiner schlaffen Hand hielt er ein Sandwich.

Um ein Uhr rüttelte Frank ihn wach.

»Laß es gut sein für heute«, sagte er.

»Wieso?« knurrte Papa und kam taumelnd auf die Beine.

»Besorg dir einen neuen Mörtelträger, bevor du dich selber umbringst.«

»Speed ist mein Mörtelträger. Du gehst an diese Mauer und legst weiter Ziegel.«

Frank sah mich an. »Weißt du, was mit deinem Alten los ist? Er ist durchgedreht.« Er und Luke stiegen aufs Gerüst.

So leise wie möglich sagte ich: »Frank hat Recht, Papa. Wenn Gott wollte, daß du Mörtel trägst, dann hätte er dich so groß gemacht wie Speed.«

»Gott ist ein Schwätzer wie alle anderen«, sagte er und ging zum Betonmischer. Seine Beine waren so steif, daß er hinkte. Er stand vor der Maschine, als hätte er Angst vor ihr. Dann wand er das Seil um das Starterrad. Er richtete seinen Blick zum Himmel und flehte: »Bitte, nur einmal!«

Er riß an dem Seil. Die Maschine hustete, explodierte und stieß ein paar schmatzende Schnaufer aus, und blieb schließlich still.

Als er das Seil erneut herumschlang, hielt Speed Blivins' gelber Marmon am Straßenrand. Neben dem fein angezogenen Speed saß ein starker Schwarzer im Overall. Die Männer stiegen aus und gingen zu meinem Vater hinüber. Speed zog seine Handschuhe aus.

»Du bist spät dran«, sagte mein Vater.

»Ich arbeite nicht mehr für dich«, sagte Speed. Er wandte sich zu seinem Freund, der größer und breiter war als er selbst. »Das ist Terence Clipp. Er will für mich weitermachen.«

»Mörtel!« verlangte Frank Gagliano vom Gerüst aus.

»Also mach schon«, sagte mein Vater zu Terence.

Der riesige Mann trat vor den Mixer und schlang das Seil um den Starter, als würde ein Kind ein Spielzeug aufziehen. Er schnalzte kurz mit der Leine und die Maschine brach in ein hungriges Knattern aus, als verlangte sie nach Futter. Terence schnappte sich eine Schaufel und begann das sich drehende, gefräßige Maul mit seiner Lieblingsspeise zu füttern: Sand, Wasser, Zement und Kalk. Mein Vater sah beifällig zu.

»Guter Mann«, sagte er.

»Ein Felsbrocken«, sagte Speed. »Er hat neun Kinder. Er wird dich nie verlassen, so wie ich.«

»Was ist passiert?«

Er grinste mich an. »Frag den Jungen.«

Plötzlich wußte ich es. »Shasta Glory!« sagte ich.

»So heißt das Baby.«

»Deine Aktien?« fragte Papa.

»Gestern waren sie auf vier Cent unten«, sagte ich gewichtig. Mit meinem Wissen überraschte ich Vater.

»Ich hab' bei 43 verkauft, vor einer Stunde«, sagte Speed lächelnd.

Ich sagte: »Wow!« und versuchte 43 mit 20.000 zu multiplizieren, aber ich errechnete erst drei Stunden später, nachdem ich mehrere Bretter mit Zahlen vollgeschrieben hatte, daß sich Speeds Vermögen auf 8.600 Dollar belief.

»Ich hab' etwas für dich«, sagte Speed zu Papa.

»Du schuldest mir nichts.«

Speed lachte. »Vielleicht habe ich genau das richtige für dich.«

Er ging zum Wagen zurück und hob seine Ledertasche heraus. Er entnahm ein gefaltetes Dokument und gab es meinem Vater. Verblüfft klappte es Papa auf und studierte es, er drehte es sogar um und überflog die leere Rückseite.

»Verlang nicht von mir, daß ich Aktien kaufe«, sagte er und wollte es zurückgeben. »Ich bin ein armer Mann.«

»Es ist keine Aktie«, sagte Speed, und wehrte das Papier ab. »Es ist der Claim an einer Mine.«

»Eine Mine.«

»Eine Goldmine.«

»Gold!« Mein Vater flüsterte es wie ein heiliges Wort, dann schüttelte er traurig den Kopf. »Das kann ich mir nicht leisten.«

»Ich schenke sie dir!« sagte Speed. »Ich hab' sie schon überschrieben. Sie gehört dir, umsonst und eindeutig.«

Das Lächeln meines Vaters wich einem zweifelnden Gesichtsausdruck, denn nie zuvor hatte ihm jemand etwas geschenkt, schon gar keine Goldmine. Was er besaß, hatte er im Schweiße seines Angesichts verdient. Er lächelte Speed mißtrauisch an und hielt ihm das Papier hin. Speed grinste und rührte keinen Finger.

Die Zweifel meines Vaters machten mich verrückt. Ich hätte ihm am liebsten einen Tritt versetzt.

»Nimm sie, Papa!«

»Wo liegt die Mine?« fragte er.

»18 Meilen tief im Boulder Canyon.« Speed öffnete den Plan in dem Dokument und zeigte ihm die Lage der Mine. Sein rosafarbener Fingernagel deutete an den unteren Rand der Seite. Er überragte meinen Vater um einiges. »Siehst du? Das ist dein Name. Du bist der neue Besitzer.«

»Bei Gott, du hast Recht!« rief mein Vater. »Das ist ja mein Name!« Erfreut streckte er ihm die Hand entgegen. »Besten Dank!« Sie schüttelten sich die Hände.

»Und was mache ich jetzt?«

»Du gräbst«, sagte Speed. »Und du gräbst immer weiter, weil in dem Loch gutes Erz steckt, und die einzige Möglichkeit, es zu finden, ist mit einer Hacke und einer Schaufel. Und noch was mußt du tun, beten. Du betest und du gräbst, aber grab mehr als du betest und überlaß den Rest der alten Yellow Belly.«

»Yellow Belly?«

»Das ist ihr Name.«

Wir verabschiedeten uns und Speed fuhr weg. Wir standen am Randstein und sahen ihm nach, bis sein Marmon nach links in die zwölfte Straße abbog.

»Netter Kerl«, sagte mein Vater.

Er fuhr in seine Hosentasche und holte eine Handvoll Zündhölzer, Münzen, Nägel und Zahnstocher hervor. Er klaubte durch den Tascheninhalt, pickte ein 5-Cent-Stück heraus und gab es mir.

»Kauf dir was«, sagte er.

»Mörtel!« schrie Frank Gagliano.

5

Mein Vater hatte zwei Gründe, Frank Gagliano zum Partner in dem Yellow-Belly-Unternehmen zu machen. Der erste war die Fahrgelegenheit, denn er hatte kein Auto, wohingegen Frank einen Reo-Lastwagen besaß. Eine Maschine, die einem die Knochen durchschüttelte, sie hatte Vollgummireifen und kettengetriebene Räder, auf Bergwegen langsam, aber sicher.

Meine Mutter versetzte diese Partnerschaft in Aufruhr.

»Der Wagen eines Atheisten!« sagte sie. »Ich würde lieber laufen.«

»Glaubst du, daß der Wagen auch nicht an Gott glaubt?«

»Es ist nicht der Wagen. Es ist der Fahrer.«

Er erklärte den zweiten Grund für die Partnerschaft. »Frank kennt sich im Bergbau aus. Er hat in Cripple Creek gearbeitet.«

»Er wird nie Gold finden«, sagte Mamma theatralisch. »So sicher Gott die Welt erschaffen hat, wird er diesen Mann nichts finden lassen. Da mache ich mir keine Sorgen, und wenn er eine Million Jahre lang gräbt.«

Das bedrückte meinen Vater. »Das habe ich davon, daß ich meine Sorgen einer Frau erzähle.«

Mittags auf der Baustelle zogen sich Frank und mein Vater von den anderen Arbeitern zurück, um ihre Pläne zu besprechen. Mir wurde erlaubt, diesen Gesprächen beizuwohnen, vorausgesetzt, ich hörte nur zu und machte keine Vorschläge. Frank hatte die Chancen für Bergbau in der Gegend von Yellow Belly erforscht und fand sie vielversprechend.

»Es gibt dort oben auch eine Menge Silber«, sagte er. »Wir müssen die Augen offen halten.«

»Wir sind hinter Gold her«, sagte Papa.

»Spuckst du auf eine Silberader?«

Meine Vater lächelte und gab zu, daß er das eine vom andern nicht unterscheiden konnte.

»Sei froh, daß du mich als Partner hast«, sagte Frank. »Allein würdest du bloß Narrengold ausgraben, so sicher wie das Amen in der Kirche.«

Mein Vater mußte zugeben, daß er noch nicht einmal vom Narrengold gehört hatte.

»Eisenkies«, sagte Frank und lächelte geheimnisvoll. »Schon viele Männer haben durchgedreht, weil sie glaubten, Eisenkies sei das echte. Aber du lebst, um zu lernen. Ich habe mich auch ein paar Mal getäuscht.«

Sie planten ihren ersten Ausflug zur Mine für Sonntag.

»Kann ich mitkommen?« fragte ich.

Keiner antwortete, damit hatte sich die Frage erledigt.

Frank leerte den letzten Rest Wein aus seiner Thermosflasche.

»Etwas gefällt mir nicht an dieser Mine«, sagte er und schmatzte. »Der Name. Yellow Belly. Ich mag ihn nicht.«

»Was macht das schon?« Papa zuckte mit den Schultern.

»Yellow Belly bedeutet Feigling. Kein glückbringender Name für eine Mine.«

»Wie wär's mit Bella Napoli?« schlug Papa vor.

»Klingt wie ein Restaurant«, sagte Frank.

Sie schwiegen eine Weile und dachten an Namen. Dann erinnerte ich mich an Shasta Glory.

»Wie wär's mit irgend etwas mit Shasta darin?« bot ich an. »Wie wär's mit Shasta Victory?«

»Das ist ein Rennpferd«, sagte Frank und schaute finster. »Wegen der Mähre habe ich mein letztes Hemd verloren.«

Wieder war Stille. Sie rauchten und überlegten.

»Wie wär's mit Bella Roma?« sagte Papa.

»Irgendwie hast du's mit Bella«, antwortete Frank.

»Na gut«, sagt Papa. »Dann laßt uns einfach bei Yellow Belly bleiben.«

Frank sprang sofort auf. »Dann such dir besser einen anderen Partner, ich arbeite nicht in einer Mine, die so heißt.«

Papa wurde wütend. »Dann sag doch was! Nenn sie wie du willst!«

Franks Blick richtete sich in eine ungewisse Ferne.

»Wir werden sie Red Devil nennen«, sagte er. »Old Red Devil.«

Mein Vater zuckte sichtlich zusammen, aber er konnte nicht mehr zurück.

»Okay«, sagte er. »Beschlossen. Sie heißt Red Devil.«

Frank nahm seinen Eßnapf und ging zum Werkzeugschuppen.

»Das wird Mamma nicht gefallen«, sagte ich.

»Mußt du alles deiner Mutter erzählen?«

Ich versprach, daß ich es nicht tun würde.

6

An einem Sonntagmorgen standen wir alle fertig angezogen für die Acht-Uhr-Messe um den Küchentisch herum und sahen meinem Vater bei den Vorbereitungen für seinen Ausflug zur Mine zu. Er legte Proviant in eine Holzschachtel: Brot, Käse, Tomaten, Zwiebel, Salami und einige Weinkrüge.

Meine Mutter sah überrascht auf den ganzen Vorrat.

»Wie lange willst du wegbleiben?«

»Ich werde heute Abend zurück sein. Und vergeßt nicht, was Speed gesagt hat: graben und beten. Ich will, daß alle um unser Glück beten. Ich grabe und ihr betet. Wenn wir Gold finden, wird alles anders. Zuerst kaufe ich ein neues Haus.«

»Kann ich ein neues Fahrrad haben?« fragte mein Bruder Frederick.

»Klar.«

Meine Mutter hatte Haarklammern in ihrem Mund und strich mit einem Kamm durch ihr langes Haar. »Ich werde dafür beten, daß du mit diesem Tunichtgut Frank Gagliano nicht in Schwierigkeiten gerätst.«

»Mach dir keine Gedanken um Frank. Alles, was du tun mußt, ist um Gold beten.«

»Ich werde meine Kommunion dafür geben«, sagte meine Schwester Clara.

»Ich auch«, sagte Frederick.

»Wem werdet ihr sie geben?«

»Gott.«

»Nicht gut«, sagte Papa. »Das bringt kein Glück.«

Meine Mutter hielt den Atem an. »Gott – bringt kein Glück? Du sprichst schon wie Frank Gagliano!«

»Ich bin fast fünfzig, und Gott hat noch nie etwas für mich getan.«

»Er hat uns alles gegeben«, sagte Mamma. »Unsere Familie, unser Heim, das Essen auf unserem Tisch, Gesundheit. Was willst du mehr?«

»Das ist 'ne Menge. Das kann ich auch selber.«

»Ich will, daß du damit aufhörst, unseren Herrn vor deinen eigenen Kindern schlecht zu machen.«

»Alles, was ich sage ist: Er bringt kein Glück. Warum probiert ihr's nicht bei jemand anderem? Wie wär's mit einem Heiligen: San Antonio, San Rocco? Oder San Gennaro?« Er musterte uns Kinder. »Hat schon mal einer zu San Gennaro gebetet?«

»Noch nie von ihm gehört«, sagte ich.

»Der ist nämlich der Schutzpatron von Neapel. Hat mir oft einen Gefallen getan, als ich so alt war wie du.« Er nickte ernsthaft. »Versuch's heute mit ihm. Erzähl ihm von der Mine deines Vaters. Sag ihm, daß er uns das Gold zeigen soll.«

»Ich werde zu Santa Clara beten«, sagte Clara. »Sie ist so wahnsinnig lieb.«

»Versuch's mit ihr. Irgendjemand da oben muß deinem Vater eine Chance geben.«

»Ich werd's mit St. Joseph probieren«, sagte Frederick. »Ich wette, er wird dir helfen, Papa. Er war Zimmermann.«

»Ich kann Zimmerleute nicht leiden«, sagte Papa. »Am besten ihr sucht einen alten Heiligen, der nie etwas zu tun kriegt. Irgendeinen alten Heiligen, den man die letzten fünfhundert Jahre vergessen hat.«

Von der Straße her kam das Klappern von Franks Lastwagen, er machte einen solchen Lärm, daß er fast seinen eigenen Hupton erstickte. Durch das Küchenfenster sahen wir, wie der Lastwagen anhielt. Mein Vater hob die Kiste mit den Vorräten auf seine Schulter und eilte zur Hintertür hinaus.

Plötzlich wurde Mamma ängstlich und rannte ihm nach und rief nach ihm, aber der Lärm des Lasters übertönte ihre Stimme. Papa trat auf die Straße und stellte die Kiste hinten auf den Laster. Er drehte sich um und sah sie winken. Widerwillig kam er zum Haus zurück und fragte: »Was willst du?«

Sie musterte ihn von der Veranda herab mit einem äußerst melancholischen Blick. »Gestern Nacht hatte ich einen ganz schrecklichen Traum«, sagte sie. »Es war ein Zeichen von Gott. Du warst unten auf dem Grund der Mine und er warf große Felsbrocken auf dich. Er hat dich lebendig begraben.«

Mein Vater starrte sie mit offenem Mund an.

»Von was zum Teufel redest du?«

»Ich rede über ihn«, sagte sie und sah in die Richtung von Frank.

»Frank? Du bist verrückt.«

Er machte sich wieder auf den Weg zum Lastwagen.

»Sei vorsichtig!« rief sie. »Es wird etwas Schreckliches geschehen.«

Mein Vater schüttelte nur seinen Kopf und stieg zu Frank in den Laster. Das Getriebe krachte, als das Auto davonfuhr.

7

Die Idee meines Vaters, zu einem lange vergessenen Heiligen zu beten, faszinierte mich. Es war eine außergewöhnliche Idee, die sehr vernünftig klang. Heilige waren warmherzige, großzügige Wesen, die sich danach sehnten, den leidenden Seelen auf der Erde zu helfen. Aber wie mein Vater klargestellt hatte, waren die bekannteren unter ihnen mit Tausenden von Wünschen überlastet.

Das Geheimnis eines erfüllten Gebets lag darin, daß man es an einen uralten, seit tausend Jahren vergessenen Bischof richtete, einen bemitleidenswerten alten Kerl im Himmel, der vergeblich auf jemand wartete – einen Niemand wie mich, der sein Herz um alles mögliche erleichterte. Vor allem wußte ich genau, wo ich den Namen einer solchen erhabenen und vergessenen Person suchen mußte. In der Schulbibliothek, in »Das Leben der Heiligen«.

Ich schlüpfte aus der Menge, die sich vor der Kirchentür versammelt hatte, und überquerte die Spielwiese der Schule. Auf Zehenspitzen schlich ich zur Bibliothek im zweiten Stock. Schon im ersten Band der »Heiligen« fand ich sofort, was ich suchte.

Seine Name war Sankt Stefan, Bischof von Schweden. Er war 1075 gestorben. In seiner Biographie stand: »Es ist weder über seinen Geburtsort etwas bekannt, noch über seine Eltern oder seine Jugend; tatsächlich weiß man sehr wenig über ihn.«

Volltreffer! Ein Heiliger aus einer verlorenen Zeit, ein verlassener, vergessener heiliger Mann, ein Jünger Gottes aus einer so tiefen Vergangenheit, daß sein Geburtsort, selbst seine Mutter und sein Vater aus unserem Gedächtnis gelöscht waren. Und doch war er ein Heiliger, der im Himmel unter all den Größen und Berühmtheiten der Kirche lebte. Vor fast neunhundert Jahren hatte er die Erde verlassen – aber, wer von den Lebenden hatte zu ihm gebetet? Bestimmt nicht viele. Kaum jemand. Vielleicht überhaupt niemand. Bis ich kam. Das war meine kostbare Entdekkung. Der alte Sankt Stefan, Bischof von Schweden, Mitglied der

Gemeinde der Heiligen, ein Verlorener des Paradieses, vergeblich wartend, mit erbleichten Haaren, eine Heiligenstatue mit Spinnweben an den Ohren, der auf einen Ruf von der Erde wartete, ein Flehen, ein Gebet, das um Hilfe rief.

Erfreut und angeregt schloß ich das Buch. Ich hatte mich auf den Zauber der Unsterblichkeit eingestimmt. Ich war unbesiegbar und unsterblich geworden, erfüllt mit einer geheimnisvollen Kraft. Beim ersten Anflug eines Gebets würde mein Mann im Himmel den Staub aus seinem Bart klopfen und sein ehrwürdiges Gesicht würde sich in ein mildes Lächeln verklären, für das einzige menschliche Wesen in der Welt, das sich an ihn erinnerte, einen Jungen aus Boulder, Colorado, USA.

Mit verklärtem Blick rannte ich davon, auf Adlerschwingen sauste ich die Treppen hinunter und um die Kirche herum zum Haupteingang. Ich kniete in einer der hinteren Reihen nieder und begann zu beten.

Ich betete flammend, ich wurde förmlich zur Fackel, es knackte und knisterte, ich verzehrte mich nahezu. Es schien mir, daß ich von diesem Augenblick des Lebens an verändert war. Ich wurde wiedergeboren, ich war ein neuer Mensch. Dem Bischof etwas über die Goldmine meines Vaters zu erzählen, schien kaum nötig. Schon bevor sich der Gedanke überhaupt zur Idee geformt hatte, war ich mir sicher, daß Papa schlagartig reich geworden war, er war auf einen Berg von glitzerndem Erz gestoßen, wir waren unglaublich wohlhabend und mächtig, und unser altes Ziegelhaus hatte sich in ein Schloß aus weißem Stein verwandelt, mit Türmchen und Wimpeln, und einer Menge Dienern: Butlern, Zimmermädchen, Köchen, Gärtnern und Chauffeuren.

Nach der Messe rannte ich hinaus, um auf meine Mutter zu warten. Ich suchte in der Menge nach ihrem Gesicht und fragte mich, ob sie der Zauber des Sankt Stefan auch erreicht hatte. Sie kam mit der üblichen gequälten Miene auf mich zu, sah mir scharf ins Gesicht und fragte: »Geht's dir nicht gut?«

Ich sagte, daß alles in Ordnung sei und ging weg. Die Flamme erlosch schnell und der Zauber blätterte ab. Die Leute um mich herum waren zu banal, zu sterblich. Fette Frauen, die am Arm ihrer Männer gingen, schrumpelige alte Damen auf unsicheren Beinen, Kinder, die quasselten und sich herumschubsten, Regenpfützen von der letzten Nacht.

Aber das Schloß und das Gold meines Vaters – waren das auch Illusionen? Ich rannte nach Hause. Die zwölfte Straße hinunter, über die Fahrbahn und die Brücke. Im Westen ragten die roten Felsen der Berge scharf in den Himmel, grausam zerhackt von neuen Straßen und Aushöhlungen. Nichts hatte sich geändert. Die Welt und unser Haus waren die Gleichen geblieben. Mißmutig setzte ich mich auf die oberste Verandastufe.

8

Am nächsten Morgen nach dem Frühstück verhielt sich mein Vater sicher nicht wie ein Mann, der schlagartig reich geworden war. Seine Augen hatten etwas von zerquetschten Weinbeeren, sein Gesicht war von Wein gerötet und er war sehr kleinlaut.

»Hast du Gold mit heimgebracht?« fragte Frederick.

»Nein.«

»Sind wir jetzt nicht reich?« sagte Clara.

»Nein.«

»Vielleicht hast du an der falschen Stelle gegraben«, sagte Mamma.

»Vielleicht.«

»Sollen wir weiter beten?« fragte Clara.

»Kann nicht schaden.«

Am folgenden Wochenende waren er und Frank wieder in der Mine, und fuhren wie gewöhnlich am Samstag mit ihrer Kiste an Eßvorräten, Decken und Weinkrügen weg. Sonntag, spät nachts, kamen sie dann zurück, Frank hielt am Randstein und Papa taumelte müde zum Haus. Seine Kleider waren mit rötlichem Schlamm verdreckt und er war so erschöpft, daß Mamma ihn ausziehen und ins Bett dirigieren mußte. Er stank nach Wein.

Daraus wurde ein wöchentliches Ritual. Der Sommer flog vorbei, wir vergaßen die Träume vom Gold und richteten uns wieder ein in unserer bequemen Armut, die gelegentlich ein wenig bereichert wurde, wenn Papa Forellen, Pilze oder wilde Erdbeeren aus den Bergen mitbrachte.

Einmal überraschte er uns mit einem Sack voll von leuchtend gelben Steinen, so groß wie Basebälle. Es waren schimmernde Bruchstücke von bernsteinfarbenem Quartz, durchzogen von schwarzen, kristallinen Adern.

Ehrfürchtig hielten wir die Stücke in unserer Hand. Sie waren sehr schwer. Sie schienen enorm wertvoll zu sein.

»Gold!« hauchte Frederick.

»Eisen«, sagte Papa.

»Wieviel ist es wert?«

»Nichts.«

»Nicht einmal 5 Cent?«

»Nicht einen Penny.«

In einem Ausbruch von Großzügigkeit gaben wir den ganzen Sack voller Steine meiner kleinen Schwester. Sie schleppte ihn in eine Ecke der Küche und verlor sich in ihrer Phantasie.

Mittlerweile war meine Mutter sehr besorgt. Ihre düsteren Prophezeiungen über die Mine schienen wahr zu werden. Mein Vater war müde und traurig, und schimpfte über alles. Sie gab Frank Gagliano die Schuld und sah die Mine als Teufelsloch in einem Berg, wo ein böser Atheist einen guten Christenmenschen dazu verführte, sein Gehirn mit Wein außer Gefecht zu setzen. Und obwohl sie nie davon sprach, wußte ich, daß sie den Verdacht hatte, daß sie Frauen dorthin mitnahmen. Sie schüttelte die verdreckten Decken aus, die Papa zurückbrachte, und roch mit

Verachtung daran. Sie hielt sie von sich gestreckt wie eine tote Katze, als sie sie in die Waschmaschine fallen ließ. Es waren filzige Lumpen, weingetränkt, feucht und widerwärtig.

»Nächste Woche gehst du mit ihnen hinauf«, sagte sie.

Ich weigerte mich.

»Ich muß wissen, was dort oben vor sich geht.«

»Zwei Maurer, die sich besaufen, das ist dort oben los.«

»Trotzdem, du gehst mit.«

»Das soll Papa entscheiden.«

Mein Vater wollte nichts davon hören. »Du mußt verrückt sein. So eine Mine ist nichts für ein Kind. Es ist gefährlich.«

»Was ist so gefährlich daran?«

»Klapperschlangen, Steinschlag. Er könnte sich ein Bein brechen. Es ist eine Wildnis.«

Sie lachte verächtlich.

»Gefährlich, du meine Güte! Wie wäre es dann, wenn ihr mich mitnehmt?«

»Das ist kein Ort für Frauen oder Kinder.«

»Du nimmst ihn mit!«

Papa sah mich bittend an. »Willst du da hinaufgehen und in dem Dreck herumwühlen, dich fertigmachen, so daß dir jeder Knochen weh tut, willst du das? Magst du Rückenschmerzen vom Hacken und Schaufeln? Felsbrocken kommen runter, du rutschst ständig im Schlamm aus, du hast Blasen an den Händen von vierzehn, fünfzehn Stunden Arbeit, und dann kommst du heim und hast nichts zum Herzeigen? Ist es das, was du willst?«

»Um Himmelswillen, nein«, sagte ich.

»Er will nicht mitgehen«, sagte Papa.

»Er wird mitgehen und dabei bleibt es.«

Diese Neuigkeit erfüllte Frank Gagliano kaum mit Freude. Am nächsten Tag bei der Arbeit nahm er mich am Arm und führte mich zu dem Stapel Bauholz hinüber. Seine Augen waren kalt und glasig.

»Warum hältst du nicht deine Nase aus den Angelegenheiten anderer Leute heraus?« sagte er.

»Worüber redest du?«

»Die Red Devil Mine ist kein Platz für eine Rotznase.«

»Wen nennst du eine Rotznase?«

»Warum läßt du uns nicht in Frieden? Ist es nicht genug, daß dein alter Herr dich füttern und dir neue Schuhe kaufen muß, mußt du ihm auch noch das Wochenende damit verderben, daß er Babysitter spielen muß?«

»So kannst du nicht mir sprechen, schließlich bist du nicht mein Vater.«

»Gott sei Dank bin ich's nicht!« winkte er ab.

Am liebsten hätte ich ihn mit der Faust geschlagen und getreten.

»Jedenfalls komme ich am Sonntag mit. Ich wollte zwar eigentlich nicht, aber jetzt erst recht!«

9

Die Mine lag eine Meile von der Boulder Canyon Road entfernt, es ging eine kaum sichtbare Abzweigung hinunter, gerade breit genug für Gaglianos bockenden Lastwagen. Sie lag nur achtzehn Meilen von der Stadt weg, es ging die ganze Zeit aufwärts, und wir benötigten mehr als eine Stunde für den Ausflug, denn Frank fuhr den stotternden Reo im niedrigen Gang. Der Kühler zischte und stieß kleine weiße Dampfwolken in die kalte Bergluft. Ich saß zitternd auf der Ladepritsche und wurde zusammen mit Rohrstücken, reichlich Bauholz, Farbdosen und verschiedenen Werkzeugen umhergeworfen. Wenn Autos uns überholten, mit tönender Hupe, gab ihnen Frank nur ungern den Weg frei. Er stieß seinen Mittelfinger in den Himmel und schrie: »In den Arsch damit, Mister!«

Der Himmel war grau, kleine Muren aus dreckigem Schnee klebten noch immer an den Talhängen. Frank und Papa waren in der warmen Kabine, reichten sich den Krug hin und her und rauchten Zigarren. Je mehr sie tranken, desto langsamer fuhr der Laster.

Nach der Abzweigung wurde die Straße zu einem Weg mit tief eingegrabener Fahrrinne, zerfurcht von tiefen Schlaglöchern. Jedes Mal, wenn die Vollgummireifen ein Loch trafen, flog ich zusammen mit den Rohren, dem Bauholz und den Farbdosen in die Luft. Die beiden Trinker blinzelten durch die Rückscheibe und lachten bei jedem Luftsprung, den ich machte. Ein Schimmer von Rache huschte über Franks kleine rote Augen, er konnte meine Anwesenheit nicht ertragen.

Schließlich endete der Weg neben einem kleinen Bach. Als Frank den Motor abstellte, lag eine drückende Stille über der Schlucht. Ich sprang auf den Boden. Meine Füße stachen vor Kälte. Es war ein einsamer, verwilderter Ort, Gestrüpp und Weiden wuchsen an dem Bach, Ochsenfrösche quakten, Grüppchen von Kiefern und Fichten streckten sich in den Dunst. Ich hörte ein seltsames Geräusch, es klang, als würden die Bäume wie Schlafende tief atmen.

Die Männer schulterten die Kisten mit den Vorräten und wir gingen knapp hundert Meter einen Trampelpfad den Bachsaum entlang bis zu einer Lichtung, wo eine Hütte stand, ein Schuppen mit einem Blechdach und einer weit offenen Blechtür. Es gab ein einziges viergeteiltes Fenster, zwei Scheiben waren mit Karton notdürftig geflickt.

Das alles krönte ein Schild auf dem Dach über der Tür. Die Gestalt eines Teufels war in Rot und Schwarz auf ein Stück Sperrholz gemalt. Er hatte Hörner, Hufe und einen langen, sich schlängelnden Schwanz. Außerdem hatte er Schlitzaugen, und sein Mund war zu einem Grinsen verzogen. Darunter stand die Inschrift:

Red Devil Bergbau Unternehmung
Vico Steffani und Frank Gagliano, rechtm. Besitzer

»Das ist ja der Teufel«, sagte ich.

Frank sah erfreut zu ihm hinauf.

»Das ist der alte Red. Er ist mein Kamerad.«

Ich starrte immer noch. Man hängt kein Bild vom Teufel an die Wand. Nicht über der eigenen Eingangstür. Das fordert das Schicksal heraus. Es war beängstigend und irritierend zugleich.

»Franks Idee«, sagte mein Vater schuldbewußt. »Das hat nichts zu bedeuten.«

Vielleicht nicht, aber als ich wieder zu ihm hinblickte, sah er wie der Herr des Berges aus, ein Ureinwohner dieses Waldes. Ich folgte meinem Vater in den Schuppen.

Der Gestank warf mich fast um, als ich hinein trat. Es war kein Tiergeruch, sondern der Geruch von Menschen, von Schweiß und Urin und alten Fürzen, es roch nach stickigen Matratzen und Bratfett. Meine Augen brauchten einen Augenblick, um sich an die Dunkelheit zu gewöhnen. Der Boden war ohne Bretter aus festgestampfter Erde. Es roch nach saurem Parmesan. Als Betten dienten bloße Matratzen auf Brettern, die direkt auf dem feuchten Boden lagen. In der Mitte des Raumes stand ein Herd mit einem Rohr durch das Dach. Es gab noch eine alte Couch, deren Eingeweide heraushingen und ein paar kaputte Stühle. Der Tisch quoll über von dreckigem Geschirr.

Ich konnte die Unordnung und den Schmutz begreifen, denn er war einfach da, und ich wußte, daß Menschen manchmal gezwungen waren, an einem Ort wie diesem zu leben. Aber mein alter Herr, mein eigener Vater? Er ließ die Vorratskiste auf den Boden herab und kniete vor den Ofen nieder. Er sah glücklich aus, mit einem Zigarrenstummel zwischen den Zähnen summte er vor sich hin und legte Zündspäne in den Herd.

Er war ein armer Mann, das ganz bestimmt, aber ich kannte

ihn nur als sauberen armen Mann, immer ordentlich, sogar fein in den paar Klamotten, die er besaß. Er mochte es, wenn seine Hemden sorgfältig gebügelt waren, sogar seine Khaki-Arbeitshosen mußten genau gefaltet sein. Vor allem verlangte er zu Hause Ordnung. Mäntel und Jacken mußten aufgehängt werden, alle Sachen mußten an ihrem Platz sein. Und hier war er also, mit seinen Knien mitten im Dreck, so fröhlich wie eine Ratte in der Kanalisation.

Frank zündete eine Kerosinlampe an und der dunkle Schuppen glimmte in einem schwachen, gelblichen Licht, als er die Flamme aufdrehte. Obwohl es noch früh am Nachmittag war, dämmerte es schon in der Schlucht. Die Sonne glitt auf der anderen Seite des Berges hinab.

Frank sagte: »Also Junge, du wolltest mitkommen, jetzt mußt du dir deinen Unterhalt verdienen. Geh hinaus und bring Holz fürs Feuer.«

Ich ging viermal hin und her und stapelte Holz neben den Herd. Frank und mein Vater ließen sich auf dem zerschlissenen Sofa nieder und streckten die Füße zum kleinen Ofen, der jetzt rot glühte, und bereiteten sich auf eine lange Sitzung mit dem dunklen roten Wein vor. Sie reichten sich den Krug hin und her, und der Wein gurgelte durch ihre Kehlen. Es wurde stickig und heiß in dem Schuppen. Nach einiger Zeit drehte sich mein Vater um und schien überrascht, dass ich in einem Stuhl saß und gelangweilt zusah, wie der Wein weniger wurde.

»Warum gehst du nicht raus und spielst?« sagte er.

»Spielen? Was soll ich spielen?«

»Cowboy und Indianer«, sagte Frank.

»Oh, Scheiße«, sagte ich.

»Na, na. Keine solchen Worte«, sagte Papa.

»Wo ist die Mine?« fragte ich.

»Mine?« fragte Frank. »Was für eine Mine?«

Mein Vater lachte. Frank lachte mit. Beide schwitzten. Sie

schütteten sich aus vor Lachen, bis Tränen aus ihren Augen rannen. Ich starrte grimmig vor mich hin, bis das Gelächter allmählich verebbte. Papa trocknete die Tränen mit den Fäusten.

»Du meinst die Goldmine?« sagte er. Sie lachten wieder, es war ein Lachanfall, sie kugelten sich auf dem Sofa, schlugen sich auf die Schenkel, lagen sich hysterisch wimmernd in den Armen, glucksten und verschluckten sich am Wein.

»Goldjunge«, sagte mein Vater (so hatte er mich noch nie genannt), »du findest die Mine ein Stück weiter oben am Bach. Folge nur dem Pfad.«

Ich stand auf.

»Ihr seid betrunken«, sagte ich streng. »Ihr seid beide betrunken!«

Sie fingen wieder an, sie heulten wie Kojoten und ich rannte hinaus, zu dem Pfad am Bachufer entlang. Nach kurzer Zeit gelangte ich zur Mine.

Lose Bretter, verrottet und von Termiten zerfressen, bedeckten den Eingang zum Schacht. Ich drückte mich durch eine Öffnung und stieg in die feuchte Höhle. Der Anblick war nicht sonderlich beeindruckend für den Sohn und Erben eines Minenbesitzers. Der Schacht ging gerade viereinhalb Meter tief. Auf dem schlammigen Boden lagen verrostete Pickel und Schaufeln. Sie waren schon lange nicht mehr benutzt worden, der Griff einer Schaufel war so morsch, daß er wie ein Pilz zerbröselte, als ich auf ihn trat. Wasser sickerte aus der Decke und von den Seitenwänden der Höhle und aus einer finsteren, undurchdringlichen Ecke hörte ich das geschäftige Plätschern von fließendem Wasser. Das war keine Mine, das war ein Loch in einer Bergwand, aus dem eine Quelle trat. Kein Wunder, daß mein Vater die Mine umsonst bekommen hatte. Kein Wunder, daß er und Frank kein Gold gefunden hatten. Kein Wunder, daß sie lachten und sich um den Verstand soffen. Denn das war ihr Spaß. Was sollten sie anderes tun, wenn ihnen so eine Goldgrube gehörte?

Ich machte mich auf den Rückweg zur Hütte. Weiße Rauchwolken wehten aus dem Kamin, trieben durch die Baumwipfel und füllten die Schlucht mit Kieferndunft. Von der Straße kam das Schnurren eines Motors. Ich dachte, daß es Speed in seinem Marmon sein könnte und rannte los, um ihn zu begrüßen.

Es war eine Frau in einem alten schwarzen Cadillac, die neben Franks Laster vorfuhr. Sie war ungefähr vierzig und dunkelhaarig. Sie trug einen roten Schal, der um Kopf und Hals gewunden war und in ihrem Schoß endete. Sie stieg aus dem Wagen. Ich sah, daß sie groß war, mit mächtigen Hüften und einem großen Busen. Sie griff nach ihrem Mantel und ihrer Handtasche, knallte den Wagenschlag zu und machte sich auf den Weg zur Hütte. Sie lächelte, als sie mich sah.

»Du mußt Nicks Junge sein«, sagte sie.

»Er ist mein Vater.«

Sie blickte in den Himmel.

»Wieviel Uhr ist es?«

»Ungefähr vier.«

»Morgens oder mittags?« fragte sie lächelnd, ihr riesiger Mund war mit Lippenstift verschmiert. »Oh Gott, ich glaub', ich brauch' jetzt was zu trinken.«

»Davon gibt's in der Hütte jede Menge.«

Sie verzog das Gesicht. »Roter italienischer Fusel. Zum Davonlaufen.«

Sie ging an mir auf dem Pfad vorbei und wackelte auf ihren hohen Stöckeln. Als sie weg war, sah ich mir ihren Cadillac an. Er war ziemlich zusammengeritten, die Lederpolster waren verbraucht und an vielen Stellen gebrochen, die Kabel unter dem Armaturenbrett hingen herunter wie ineinander verschlungene Spaghetti. Der Tacho zeigte 97.000 Meilen. Ich sah nach und fand heraus, daß der Wagen auf Rhoda Pruitt aus Slocum eingetragen war, einer Minenstadt östlich von Boulder. Sie war eine Frau nach dem Geschmack von Frank Gagliano.

Als ich in die Hütte zurückkam, war sie nicht zu sehen. Auch mein Vater nicht. Frank saß am Tisch, trank Wein und aß Brot und Käse.

»Was ist mit der Dame passiert?«

»Was für 'ne Dame?«

»Rhoda Pruitt.«

»Ah, sie.«

»Wo ist mein Vater?«

»Er zeigt ihr das Grundstück. Sie will es vielleicht kaufen.«

»Ich wußte gar nicht, daß es zu verkaufen ist.«

»Kommt drauf an.«

Ich ging zur Tür.

»Wo gehst du hin?«

»Sie suchen.«

»Wieso?«

»Einfach so.«

»Setz dich. Iß etwas Ricotta.«

»Ich hasse diesen Scheiß Ricotta.«

»Dann iß Salami.«

»Ich hab' keinen Hunger.«

»Setz dich, Großmaul. Und stör die Geschäfte nicht.«

»Welche Geschäfte?«

»Dein Vater ist mit Mrs. Pruitt auf Besichtigungstour. Du hältst dich da raus.«

Er hatte eine ganz besondere Art mich zu reizen, und er hatte es wieder geschafft. Ich stieß die Tür auf und ging hinaus. Mein Vater machte eine Besichtigung, also mußte er bei der Mine sein. Ich stapfte dorthin.

Rhoda Pruitt saß auf einem Fels vor dem Mineneingang, hatte die Schuhe auf ihrem Schoß und massierte sich die bestrumpften Füße. Mein Vater war nicht zu sehen.

»Hallo«, sagte Rhoda.

»Hallo. Ist mein Vater hier?«

»Hier? Ich glaube nicht.«

Ich ging zum Minenschacht hinüber.

»Da ist er nicht drin.«

Ich steckte trotzdem meinen Kopf hinein und sah mich um, dann drehte ich mich und wandte mich an sie.

»Wohin ist er gegangen?«

»Hast du's schon mal mit der Hütte probiert?«

»Ich komme gerade von der Hütte. Frank sagte, er sei bei Ihnen.«

»Er ist nicht hier.«

Sie sah mich nicht an, als sie sprach, und plötzlich wußte ich, daß mein Vater irgendwo in der Nähe war. Ich konnte ihn förmlich riechen, hinter einem der Bäume oder hinter den Geröllhaufen an der Mine oder er verbarg sich im undurchdringlichen Gestrüpp der Kamillenstauden.

»Papa!« rief ich. »He, Papa! Wo bist du?«

Aus der Schlucht kam das Echo und wiederholte meinen Ruf ein paar Mal. Dann war Stille.

»Siehst du?« sagte Rhoda und schlüpfte in ihre Schuhe. Ihr Gesicht verzog sich wehleidig, als sie aufstand. »Leg dir bloß nie Blasen zu«, sprach sie weiter. Dann wurde sie starr von einem plötzlichen, geheimnisvollen Schmerz, sie preßte eine Hand an ihren Hintern. »Und keine Hämorrhoiden.«

Ich hätte mich am liebsten ins Unterholz gestürzt und meinen alten Herrn aufgescheucht, aber sie sah so hoffnungslos und verlebt aus – wie ihr alter Cadillac –, daß ich es nicht aushielt, in ihrer Nähe zu bleiben. Ich wandte mich ab und machte mich auf den Rückweg zur Hütte.

Frank saß im Eingang.

»He, was ist hier eigentlich los?« sagte ich.

»Hast du ihn nicht gefunden?«

»Er versteckt sich vor mir. Ich weiß es.«

»Du bist verrückt. Er war gerade hier.«

»Hier? Wann?«

»Er ist gerade gegangen.«

»Das glaube ich nicht.«

»Wie du willst.«

»Wo ist er hin?«

»Er ist fischen.«

»Fischen? Wieso?«

»Damit er Fische fängt, du Idiot.«

»Oh Scheiße. Da haben wir's schon wieder. Noch 'n paar Atheisten-Lügen.«

Er zuckte mit der Schulter und erschlug einen Moskito auf seinem Arm.

»Was sind Hämorrhoiden?« fragte ich.

Er wollte es mir nicht sagen. »Warum sollte ich? Du denkst ja doch nur, daß es wieder eine Atheisten-Lüge ist.«

»Schön, tut mir leid. Sag mir einfach, wohin er gegangen ist.«

»Den Bach hinunter.«

Das war auch gelogen, es mußte eine Lüge sein, aber ich mußte in Bewegung bleiben, auch wenn ich wußte, daß sie mit mir spielten. Es war nicht gut, rumzustehen und darüber nachzudenken, also trabte ich am Bachufer entlang und wußte, daß es ein vergebliches Unterfangen war. Elritzenschwärme huschten weg, als ich näher kam, und Ochsenfrösche tauchten. Die Sonne war nun hinter der Westseite der Schlucht und die Dunkelheit kam.

Ich hörte etwas und hielt an. Ein Motor sprang an, es war Rhodas Cadillac. Ich schlug mich quer durch das Gebüsch zum Weg. Der Cadillac hatte gerade umgedreht und fuhr in den wabernden Dunst, als ich zur Lichtung kam. Rhoda fuhr und ich war mir sicher, daß der Mann an ihrer Seite mein Vater war. Sie schossen vorwärts, den schmalen Feldweg entlang und hüpften in der Fahrrinne über Schlaglöcher hinweg, zurück zur Landstraße.

Erschöpft und angewidert ließ ich mich auf den Boden fallen. Es war eine Verschwörung. Den ganzen Nachmittag hatten sie mich hereingelegt und in alle vier Himmelsrichtungen geschickt. Warum? Was passierte eigentlich? Warum war diese Frau da? Ich gab ihr und Gagliano die Schuld. Sie heckten etwas gegen meinen Vater aus und wollten mich dabei aus dem Weg haben. Vielleicht wollten sie ihn umlegen. Vielleicht hatten sie eine Goldader gefunden und hatten Angst, daß ich's rauskriegen würde.

Gut, damit würden sie nicht durchkommen. Es war Zeit, daß ich sie zur Rede stellte. Ich kam auf die Füße und marschierte zur Hütte. Es war Zeit für eine Entscheidung. Die Karten auf den Tisch, Gagliano! Was für ein Spiel spielst du, Atheist? Raus mit der Wahrheit!

Ich stieß die Tür auf und war überrascht.

Da saß mein Vater und trank Wein.

»Haben wir Säcke vor den Türen?«

Ich schloß die Tür vorsichtig.

»Wo warst du?«

»Ich hab' dich gesucht. Und wo warst du?«

»Hier.«

»Die ganze Zeit?«

»Die ganze Zeit.«

»Hast du mich nicht rufen hören?«

»Wann?«

Es war sinnlos, noch mehr Fragen zu stellen. Ich setzte mich und er schenkte mir etwas Wein ein. »Iß etwas«, sagte er und schob mir Brot und Käse über den Tisch.

»Was sind Hämorrhoiden?«

Er sagte es mir und ich mußte das Essen wegschieben.

»Du bist zu jung für Hämorrhoiden.«

»Ich meine nicht mich. Es ist die Frau.«

»Sie hat so ihre Probleme.«

Er spülte den Wein durch seinen Mund und starrte gedankenverloren vor sich hin. Seine Augen erschienen wie in Blut getaucht.

»Deine Mutter ist eine wunderbare Frau«, sagte er.

Ich sah ihn einfach nur an.

»Die schönste Frau der Welt.«

Er stand auf und torkelte zur Tür hinaus. Ich ging zur Tür. Er saß ein paar Schritte entfernt auf einem Baumstumpf und sprach mit sich selbst.

»Ein Engel«, sagte er.

Obwohl es noch warm war in der Dämmerung, legte ich noch einige Holzscheite in den Ofen und streckte mich auf der Couch aus. Ich stützte mich auf einen Ellbogen und beobachtete meinen Vater durch die offene Tür. Er saß da wie eine Statue, das Kinn in die Hände gestützt. Es war sehr still, aber darüber lag der entfernte Lärm der Natur: Ochsenfrösche quakten, Vögel sangen, Grillen zirpten, Käfer summten und die Bäume rauschten im Wind. Das Feuer knackte und warf wilde Schatten an die Decke und füllte die Hütte mit Wärme.

11

Es schien Mitternacht zu sein, als ich aufwachte. Jemand hatte mir Jeans und Schuhe ausgezogen und eine Decke über mich gelegt. Mondlicht strahlte durch die Fenster. Das Feuer im Ofen war zum Aschehaufen geworden. Die anderen beiden Betten waren leer. Ich war allein.

Ich zog Jeans und Schuhe an und ging hinaus. Der Mond war riesig. Aus Richtung der Mine hörte ich Gaglianos trunkenes, verwirrtes Lachen, dann die Stimme von Rhoda Pruitt, dann einen Schrei meines Vaters. Ich sagte mir, geh nicht dort hinauf, bleib in der Hütte und laß sie dort in Ruhe – aber ich hörte nicht auf mich. Die Gegenwart des Bösen dort führte mich den Weg hinauf, ich fühlte mich unweigerlich angezogen und rannte begierig auf Zehenspitzen.

Sie hörten mich nicht, sie hörten den Donnerschlag meines Herzens nicht und sie entdeckten mich nicht, während sie sich wie rasend umklammerten, stöhnend aneinander festsaugten, völlig nackt ihre Arme und Beine miteinander verschlangen, ineinander verhakt wie ein Knäuel sich krümmender weißer Schlangen, mit bleichen Leibern im Mondlicht, mit ihrer Decke verknotet und sich daran wetzend, klammernd, keuchend, stöhnend. Dann sah ich das Gesicht meines Vaters. Es war das Gesicht des Teufels über der Tür. Ich drehte mich um und rannte los.

Ich lief zur Hütte zurück. Mir war kalt und ich zitterte. Ich warf Holz ins Feuer. Vor dem Feuer eingewickelt in eine Decke bibberte ich, meine Zähne klapperten. Ich bekam Durst, trink was, wo ist der Wein? Ich trank hastig. Zitterte und bekam nagenden Hunger. Aber nicht auf ihren Käse, ihren Hämorrhoiden-Käse, nicht auf ihr Brot.

Ich fand das Paket mit den belegten Broten, die meine Mutter für mich zubereitet hatte. Ich aß, das fühlte sich gut an in meinem Mund, süß und gut, trotzdem zitterte ich die ganze Zeit mit der Decke um meine Schultern gelegt, und ihr Feuer brannte in meinem Gesicht. Dann entdeckte ich die Flasche, die sie mir in ein Tuch eingewickelt mitgegeben hatte, einen halben Liter Weihwasser. Sie hatte etwas drauf geschrieben: »Weihwasser. Bei Bedarf verwenden.«

Jetzt wußte ich, was ich zu tun hatte. Ich mußte zurück zu ihnen, ich lief los, mit der Flasche Weihwasser in der Hand, ein kleiner Dummkopf mit Weihwasser, das wußte ich, ich wußte, daß ich mich zum Idioten machte, aber es kümmerte mich nicht.

Diesmal sollten sie mich ruhig hören. Sollen sie's ruhig merken.

Ich schrie: »Weihwasser!«

Ich rannte und schrie: »Weihwasser!«

»Das Weihwasser ist schon unterwegs!«

»Hier habt ihr Weihwasser!«

Ich sprang zum Mineneingang, und sie lagen erstarrt, käseweiß, nackt und wie gelähmt auf dem Boden, so steif und bleich wie Tote.

»Seht! Weihwasser! Hier kommt der Junge mit dem Weihwasser! Es wirkt phänomenal!«

Ich schwenkte es herum, schüttete es aus der Flasche und besprengte ihre toten weißen Leiber. »Es ist Weihwasser, Leute! Das wirkt kolossal!« Über ihre Gesichter, ihre Brüste, ihre Schamhaare schüttete ich Weihwasser, trieb den Teufel aus, tötete ihn – und rettete und befreite meinen Vater.

Dann rannte ich und rannte ich, den Pfad zurück, zwischen den Bäumen am Bach hindurch. Ich weckte schlafende Vögel, sie schreckten auf. Grillen verstummten. Alles wurde still auf meinem Weg, ich rannte, bis ich nicht mehr weiter konnte, und ich warf mich neben einem Baum zu Boden, ganz verrückt vor Scham und bedeckte mein Gesicht.

Schließlich fand mich mein Vater. Er hob mich auf, sah mir ins Gesicht und sagte: »Kannst du wieder?«

Er nahm mich an der Hand und wir gingen still zur Hütte zurück. Verschwommen und vage hörte ich ein Auto starten und wegfahren. Mein Vater sagte nur einen einzigen Satz.

»Es wird alles wieder gut.«

Ich hielt seine kräftige, schwielige Hand. Sie fühlte sich an wie der Huf eines Tieres. Aber es war mein Vater und er konnte das einfach nicht getan haben. Ich brachte das alles nicht auf die Reihe, mein Vater paßte einfach nicht in diese ganze Geschichte.

Frank war's, Frank Gagliano war Schuld. Frank, der jetzt auf dem Bett saß und sein Hemd zuknöpfte. Ich ging zu ihm und schlug ihn mit der Faust ins Gesicht. Er starrte nur vor sich hin. Ich fing an zu weinen und schlug ihn noch einmal. Ich ging weinend zum Ofen, zerrte wie ein Hund in dem Haufen Holz nach einem Scheit und schlug Frank damit. Ich sah Blut aus seiner Nase tröpfeln und schlug weiter. Ich schlug auf seine Augen, seine Wangen, seine Ohren. Ich brachte ihm kleine Schnitte bei und er saß da und bewegte sich nicht. Schließlich sagte er: »Das reicht.« und nahm das Holzscheit, zerbrach es und warf es in den Ofen. Das Blut wischte er mit seinem Hemd weg.

Es wurde langsam hell, als wir heimfuhren.

Ein Maurer im Schnee

1

Der Winter in Colorado war erbarmungslos. Jeden Tag rieselte der Schnee vom Himmel, und abends tauchte die untergehende Sonne die Rockies in ein deprimierendes Rot. Nebelschwaden fielen so tief von den Bergen, daß wir sie mit unseren Schneebällen erreichen konnten. Die weiße Last ließ die Bäume nicht zur Ruhe kommen, und der Wind blies den Schnee in riesigen Wächten an Zäune und Schuppen.

Das Wasser war zum Trinken viel zu kalt. Auch wenn wir ganz vorsichtig daran nippten, elektrisierte es noch unsere Zähne. Wenn wir die Wasserhähne nicht die ganze Nacht laufen ließen, konnte es bis mittags dauern, bis sie auftauten. Wir verbrauchten sehr viel Kohlen, und weil das sehr teuer war, war unser Vater ständig schlechter Laune.

Mein Vater war Maurer. Wegen des Schnees konnte er allerdings nicht arbeiten. Sein Mörtel gefror, bevor er abbinden konnte, und seine Finger waren in der Kälte kaum zu gebrauchen. Dabei war er ein Mann der Tat und brauchte immer Beschäftigung. Je länger der Schnee liegen blieb, desto ungenießbarer wurde Vater zu Hause. Er rauchte eine Zigarre nach der anderen, knackte in einem fort mit seinen Handgelenken und ging unruhig von Zimmer zu Zimmer, wie ein Gefangener im Eisenkäfig. Wenn er so umherschlich, machten wir Kinder uns lieber aus dem Staub, bevor seine gedrungene und muskulöse Gestalt auf leisen Sohlen auftauchte. Wo wir auch waren, überall rochen wir das schwere Aroma seiner krummen Toscanelli Zigarren.

Er versuchte, sich zu beschäftigen. Sehr oft verbrachte er Zeit mit seinen Zeichnungen. Über ein großes Pult gebeugt, das so gar nicht zu den Eßzimmermöbeln paßte, zeichnete er alles von Aschengruben bis zu Kathedralen. Während dieser Sitzungen durften wir uns nicht laut unterhalten. Manchmal konnte er sein Zeichenlineal oder seinen Zirkel nicht finden – dann Gnade uns Gott! Atemlos führte er einen Popanz auf, fluchte wie wild und ließ seinem Ärger freien Lauf, bis meine Mutter oder einer von uns das Lineal in der Waschmaschine, in der Badewanne oder im Kühlschrank gefunden hatten, eben dort, wo Kinder Lineale so verstecken und dann vergessen. Wie auch immer, Schuld hatte nur Mutter. Und wenn er sie nicht gleich direkt beschuldigte, das Lineal in der Badewanne liegengelassen zu haben, dann machte er sie wenigstens für die schlechte Erziehung der Kinder verantwortlich. Wir Kinder waren natürlich froh, nicht die Schuldigen zu sein und gaben ihm recht und sahen vorwurfsvoll zu Mutter: »Siehst du! Das kommt davon.«

Wir hatten immer einen Riesenspaß, wenn Vater untätig herumsaß und mit seinem Zeichenstift improvisierte und seinen Gedanken auf dem Skizzenblock freien Lauf ließ. Am liebsten machte er Karikaturen. Seine Lieblingsobjekte waren seine Schwager, die Brüder meiner Mutter. Er zeichnete einen Esel mit dem Gesicht von Onkel Carlo oder ein Schwein, das Onkel Tony ähnelte. Bei diesen Zeichnungen mußte er schallend lachen. Er gab sie dann immer uns, und wir reichten sie herum. Auch wir mußten darüber lachen. Es war für uns ein sehr befreiendes Lachen, und selbst unsere kleine Schwester Clara mußte manchmal Tränen lachen. Papa wollte, daß wir die Skizzen mit in die Küche nähmen.

»Zeigt sie mal eurer Mutter.«

Meine Mutter betrachtete sie ohne Gefühlsregung und gab sie mir unbeeindruckt zurück.

»Er soll sich was schämen«, sagte sie. »Sag ihm das.« Und wir trollten uns zurück ins Eßzimmer.

»Wir sollen dir sagen, daß du dich schämen sollst.«

Er brummte vor Vergnügen.

Mit großem Ernst fertigte er auch Porträts von uns Kindern an. Am liebsten natürlich von der kleinen Clara. Er band ein Geschirrtuch oder einen Schal um ihren Kopf, wenn sie mit zum Gebet gefalteten Händen hinkniete. Während dieser Sitzungen mußte absolute Ruhe herrschen. Mutter und wir drei Jungs durften das Zimmer nicht betreten. Meine Schwester mußte mit erhobenem Blick knien, während er bequem saß, die Zigarre in der einen und den Zeichenstift in der anderen Hand. Und immer wenn er zeichnete, murmelte er die Zeilen eines Liedes vor sich hin »Im Schatten des alten Apfelbaums«. Er kannte nur diese fünf Worte des Liedes und sang sie immer wieder:

Im Schatten des alten Apfelbaums
Im Schatten des alten Apfelbaums
Im Schatten des alten Apfelbaums

Ab und zu hielt Vater inne und fragte lächelnd seine Tochter:

»Wer ist Papas kleine Jungfrau Maria?«

Clara gluckste vor Glück und richtete ihren Zeigefinger kichernd auf ihr eigenes Gesicht.

»So ist's recht, das gefällt mir.«

Voller Freude betrachtete sie das Bild, und so wie Mutter betrachteten wir alle das Bild ganz genau. Diese Bilder gefielen Mutter immer sehr gut. Und ganz ernsthaft schlug sie meinem Vater vor: »Warum machst du nicht einen kleinen Laden mit einer Bildergalerie auf?«

»Um Gotteswillen!« Papa war verzweifelt. »So was kann nur eine Frau fragen.«

Nie wollte er, daß die Bilder aufgehoben werden, da halfen

auch die Tränen meiner Schwester nicht. Nach einer guten Stunde hatte er plötzlich keine Lust mehr, zerknüllte seine Skizzen und warf sie in den Küchenherd. Er ließ seine Arbeiten nicht aus den Augen, denn kaum hatten wir ein Bild heimlich zur Seite gesteckt, forderte er es sofort unter Androhung einer Tracht Prügel zurück. Er bekam das fehlende Bild schnell wieder.

2

In jedem Winter war Vater voller guter Vorsätze und wild entschlossen, sich aus dem Schuldenloch zu befreien und das Haus zu renovieren. Manchmal kam er mitten am Nachmittag mit einem Eimer Farbe nach Hause und nahm sich eins der Zimmer vor. Zwei Stunden lang pfiff und summte er bei der Arbeit vor sich hin. Er war glücklich und seine gute Laune zog durchs ganze Haus und damit waren alle glücklich. Dann beschlich ihn doch wieder der Überdruß an seiner Arbeit, er schloß den Farbeimer, setzte sich ans Fenster und grübelte über den vielen Schnee nach und das Geld, daß er durch ihn verlor. Er war dann wieder ganz der Alte und wir wagten uns nicht in seine Nähe. Morgen würde er die Arbeit fertig machen. Aber dazu kam es nie. Meine Mutter mußte dann immer die ganze Arbeit zu Ende bringen, neben der vielen Arbeit, die sie sowieso hatte.

Um sein schlechtes Gewissen zu verbergen, hatte er dann jede Menge an ihrer Arbeit auszusetzen.

»Sieh dir das einmal an«, nörgelte er gewöhnlich. »Man muß mit der Faser streichen. Sonst tropft einem die ganze Farbe vom Pinsel.«

»Warum machst du's dann nicht selber?«

»Jetzt ist es ja wohl zu spät, du hast die Sache schon verhunzt.«

Er schlief schlecht im Winter, denn sein Körper verlangte nach der Kraft der Sonne und nach harter körperlicher Arbeit. Leerlauf im Gehirn und wachsende Unruhe konnte er einfach nicht ertragen. Ab und zu erschreckte er uns alle, wenn er morgens um vier aus dem Bett sprang, sich anzog und nach draußen ging. Meine Mutter kannte seine Qualen und machte keinen Versuch, ihn zu trösten, denn Leerlauf und Bequemlichkeit waren wie eine schwere Prüfung für ihn. Wenn sie dann später am Morgen aufstand, sah sie ihn durchs Fenster, wie er mit seiner Zigarre paffend die Wege im Hinterhof frei schaufelte. Je mehr er den Schnee haßte, desto ungestümer schaufelte er. Überall türmte er den Schnee auf, bis im ganzen Hinterhof der dunkle, gefrorene Boden zum Vorschein kam. Wenn er fertig war, setzte er sich in Handschuhen und Pullover an den Frühstückstisch. Er hatte sich ausgearbeitet, war verschwitzt und hatte rotgeschwollene Hände.

Geduldig wartete er dann auf das Lob meiner Mutter wegen seiner Anstrengungen am frühen Morgen. Unentwegt starrte er dabei auf die riesigen Schneehaufen, die sich durch seiner Hände Arbeit im Hof auftürmten. Mutter sagte nie sofort etwas, denn sie war sich unsicher. Während er das Frühstück in sich hineinschlang, wurde er ungeduldig wegen der fehlenden Anerkennung und fragte sie schließlich:

»Hast du heute schon mal in den Hinterhof gesehen?«

Mit gespielter Überraschung würde sie ihm sagen, es jetzt zum ersten Mal zu sehen.

»Nanu! Hast du das alles gemacht?«

Er nickte nur.

»Du ganz allein? Den ganzen Schnee?«

»Aber natürlich.«

»Du mußt hundemüde sein.«

»Müde? Doch nicht wegen dem bißchen Schnee.«

An solchen Tagen war er glücklich und war auch in der Nacht liebevoller, wenn er sie in den Arm nahm und ihr nette Sachen ins Ohr flüsterte.

Aber er war nicht nur ein harter Arbeiter, sondern auch ein

Erfinder. Sein Arbeitsplatz war das Wohnzimmer. Einmal brachte er eine Zigarrenschachtel und einen Obstkarton mit nach Hause. Mit Hammer und Säge schuf er daraus eine geheimnisvolle Erfindung. Unsere Mutter und wir Kinder waren neugierige Zuschauer. Keiner von uns kapierte, was das geben sollte. Es hatte auch keinen Zweck ihn zu fragen, denn bei seinen Erfindungen war er äußerst schweigsam. Er arbeitete den ganzen Samstagnachmittag daran. Schließlich war es fertig, was immer es auch darstellen sollte. Es mußte wohl fertig sein, denn er hörte einfach zu arbeiten auf und hielt es hoch.

Und was war es? Das wußte vielleicht der liebe Gott und sonst niemand. Schließlich erklärte er es uns: Diese Erfindung befreit Autos, wenn sie im Schnee steckenbleiben. Wir hatten dagegen unterschiedliche Ansichten.

»Es sieht wie 'ne Geige aus«, meinte mein Bruder.

»Ich dachte, es ist eine Gitarre«, war mein Vorschlag.

Unsere Mutter wollte lieber nichts dazu sagen. Sie kehrte schnell in die Küche zurück, angeblich damit die Kartoffeln nicht anbrennen. Aber er konnte sie draußen lachen hören, bis schließlich alle außer ihm herzhaft lachten. Der Gedanke, daß es auch eine Gitarre sein könnte, verwunderte ihn und er fragte sich ernsthaft, ob ihm da eine doppelte Erfindung gelungen sei. Wie üblich wurde aus der Erfindung nichts. Sie lag im Haus herum, Mutter schaffte sie von einem Schrank zum anderen, aber niemals konnte jemand damit etwas anfangen.

3

Eines Nachmittags bat ihn meine Mutter, einen Eimer Kohlen zu holen. Er nahm den leeren Kohleneimer hinter dem Herd und sagte ihr beim Hinausgehen, daß sie sparsam mit den Kohlen umgehen sollte.

»Die kosten eine Menge Geld, heiz doch mit Zeitungspapier.«

Nach einer Weile kam er mit einem vollen Eimer zurück und ging dann wieder hinaus. Bald darauf kam er mit einem zweiten vollen Eimer wieder. Meine Mutter beobachtete ihn mit Argwohn, denn ohne ein Wort ging er wieder in den Hof. Durch das Küchenfenster sah sie, daß er mit schnellem Schritt in Richtung Kohlenverschlag unterwegs war. Allerdings waren jetzt keine Eimer mehr da. Er verschwand in der Hütte und als er wieder herauskam, hatte er einen großen Kohlenklumpen in den Händen. Er kam ins Haus und legte ihn auf die beiden vollen Eimer. Und er ging wieder raus. Er war wie wahnsinnig. Voller Schrecken flehte sie ihn an, als er wieder rein kam:

»Bring jetzt bitte nichts mehr.«

»Ich weiß sehr wohl, was ich tue«, antwortete er, während er schon wieder auf dem Weg war.

Schon nach kurzer Zeit hatte er einen fünf Fuß hohen Kohlenhaufen hinter dem Herd aufgetürmt. Zwischen Wand und Herd paßte kein Blatt Papier mehr. Die riesige schwarze Säule schwankte bedenklich und neigte sich zum Herd. Um den letzten Klumpen aufzuschichten mußte er schon auf Zehenspitzen stehen. Dann war er fertig. Er ging ein paar Schritte zurück und begutachtete zufrieden sein Werk. Meine Mutter stand gebannt neben ihm. Er drehte sich zu ihr, die Hände schwarz vor Kohlenstaub.

»Da! Da hast du deine Kohlen!«

»Aber warum soviel?« beklagte sie sich.

Die Frage hatte ihn tief getroffen, zumindest tat er so. »Das ist wieder mal typisch Frau.« Er stand auf einer imaginären Bühne. »Hatte sie nicht um Kohlen gebeten? Habe ich ihr nicht Kohlen gebracht? Und jetzt regt sie sich darüber auf, daß ich ihr Kohlen gebracht habe!« Verständnislos schüttelte er den Kopf. »Heilige Maria Mutter Gottes, was soll ich mit dieser Frau nur tun?«

Meine Mutter stieß einen Seufzer aus: »Diese Klumpen sind viel zu groß, sie passen gar nicht in die Herdklappe.«

»Hol einen Hammer und schlag sie klein.«

Sie versuchte, den obersten Klumpen zu greifen. Er sah in aller Ruhe zu.

»Stell dich lieber auf einen Stuhl, du könntest dir weh tun.«

»Wieso bist du nicht endlich ruhig!« platzte es aus ihr heraus. »Du hast mit deinen Kohlen in unserer kleinen Küche genug Unsinn angestellt.«

Unschuldig zuckte er mit den Schultern. »Ich wollte dir doch nur helfen.«

Er beugte sich über den Ausguß und wusch sich den Kohlenstaub von den Händen. Und wie immer hatte er den Hut leicht schief auf dem Kopf; er behielt ihn meistens auf, wenn man ihn nicht daran erinnerte. Breitbeinig stand er und wusch sich mit großem Getöse. Besonders stolz war er auf seine Robustheit. Er rühmte sich, daß er nie eine Badeseife benützte. Das Beste auf der Welt für das Gesicht eines hart arbeitenden Menschen ist Kernseife, gute, harte Kernseife.

Mutter strauchelte mittlerweile mit dem schweren Klumpen, den sie in Kopfhöhe von der Spitze des Kohlenhaufens geklaubt hatte. Die rauhe Oberfläche machte es fast unmöglich, ihn fest zu greifen. Der Haufen begann zu wackeln und zu knarzen. Dann fielen die ersten Klumpen auf sie. Sie sprang zur Seite, die Klumpen krachten auf den Boden und zerstoben in tausend Stücke. Die Küche bebte, die Fenster wackelten. Mutter war stinksauer.

»Da!« keuchte sie. »Schau dir das an! Hab' ich's dir nicht gesagt?«

Er war nicht weiter überrascht und stand mit seinen schaumigen Händen da. Er schnalzte mit der Zunge und schüttelte verständnislos den Kopf.

»Steh hier nicht rum!« fuhr sie ihn an. »Was in aller Welt soll ich bloß mit der ganzen Kohle machen?«

»Hab' ich dir nicht gesagt, du sollst dir einen Stuhl nehmen? Hab' ich dir nicht gesagt, du sollst einen Hammer nehmen?«

»Du machst mich ganz krank.«

Er betrachtete das staubige Chaos und konnte nur schwer seine Schadenfreude verbergen. Für ihn war das eine ganz komische Situation.

»Du wolltest Kohlen, jetzt hast du sie.«

»Sei um Himmelswillen endlich ruhig!«

Er war tief enttäuscht. In diesem Ton durfte eine Frau nicht mit ihm sprechen. »Dann sei du aber auch ruhig!«

»Schau dir das bloß an. Schau, was du angerichtet hast!«

»Ich?« Er war tief enttäuscht. »Ich?« An den Augen konnte man sehen, daß er verletzt war. »Ich hab' gar nichts gemacht. Ich stand da und habe mir die Hände gewaschen.«

Ermattet schloß meine Mutter die Augen. Mit ihm konnte man nichts anfangen. Sie atmete tief durch und langte resignierend nach dem Besen.

4

Das alles geschah an einem Mittwochnachmittag, während wir in der Schule waren. Mein Bruder Mike war als erster nach Hause gekommen. Er schleuderte seine Mütze in eine Ecke, seine Bücher in eine andere und seinen Mantel in eine dritte. Schnuppernd kam er in die Küche und suchte etwas zum Essen. Jedesmal nach der Schule, wenn Vater nicht zu Hause war und dem Treiben ein Ende machte, aßen wir Tonnen von Marmeladebroten, bis wir keinen Appetit mehr auf das Abendessen hatten.

Meine Mutter kehrte die Kohlenstücke zusammen.

»Heiliger Strohsack!« rief Mike. »Die vielen Kohlen! Was willst'n mit denen?«

»Verheizen«, antwortete mein Vater. »Was macht man sonst mit Kohlen?«

»Das weiß ich auch, aber ...«

»Nix aber, sei ruhig! Kein Wort mehr darüber!«

»Die hat dein Vater reingebracht«, erklärte meine Mutter schnippisch und richtete sich wieder auf. »Er war richtig fleißig.«

»Deswegen muß er doch nicht gleich alle reinschleppen?«

»Kümmer dich nicht darum!«

Einen Augenblick lang sagte keiner etwas. Vater dachte nach. Dann drehte er sich plötzlich um, sah zuerst Mike an und dann meine Mutter.

»Sag mal«, fragte er nachdenklich, »hat dieser kleine Bengel heute morgen vor der Schule einen Eimer Kohlen geholt?«

Mike wurde blaß im Gesicht und sein Blick wurde starr. Natürlich hatte er nicht. Das bedeutete Ärger. Er schlich rückwärts aus der Küche und hielt sich die Hände vor den Hintern. Mein Vater folgte ihm langsam und bedrohlich. An der Tür rannte Mike dann los. Mein Vater machte einen Satz nach vorne und versuchte, ihn zu fassen. Fast hätte er ihn erwischt, aber eben nur fast. Erleichtert lief Mike nach draußen. Vater stieß einige saftige Flüche aus, als er mit der Faust auf die verschlossene Tür donnerte. Mutter nahm ihn am Arm, damit er sich wieder beruhigte.

»Bitte, sag nicht solche unanständigen Sachen.«

»Unanständig? Was war daran unanständig?«

Er ging zum Garderobenschrank und holte seinen Mantel. Umständlich zog er ihn über.

»Wo gehst du noch hin? Es gibt bald Abendessen.«

»Das weiß ich selbst noch nicht!« rief er ungehalten.

Es machte sie hilflos und zehrte an ihrer Kraft, wenn er im Streit das Haus verlassen wollte. Demütig versuchte sie, ihn zum Bleiben zu überreden. Aber er war so in Fahrt, daß er nicht mehr aufzuhalten war.

»Soll ich heute Spaghetti machen?«

»Egal«, raunzte er, »koch was du willst. – Na gut, mach Spaghetti. Mit viel Käse.« Er knöpfte sich den Mantel zu.

»Wir haben den ganzen Käse beim letzten Mal verbraucht.«

»Dann kauf welchen.«

Sie ging näher zu ihm.

»Ich wollte dich fragen, ob du noch einen halben Dollar hast?«

»Woher soll ich einen halben Dollar nehmen?« Er nahm sie beim Arm zum Fenster, schob den Vorhang zur Seite und deutete auf den Schnee. »Siehst du das? Schnee! Kannst du mir dann auch sagen, woher ich einen halben Dollar nehmen soll?«

Gereizt löste sie sich von ihm. Es war ihm unbehaglich, wenn sie so gereizt war.

»Ich dachte nur, du hättest vielleicht noch einen. Deswegen mußt du doch nicht gleich verrückt spielen.«

Er schlug mit der Faust in die andere Handfläche. »Ich hab' aber keinen! Hörst du! Ich hab' keinen!«

»Reg dich doch nicht auf! Ich hab's verstanden.«

»Ohje! Frauen! Ihr versteht rein gar nichts!«

Er kramte eine Zigarre aus der Manteltasche und steckte sie sich zwischen die Lippen. Es war seine letzte. Er zündete sie an und löschte die Zündholzflamme dann mit seiner Spucke.

»Wenn du einkaufen gehst, bring mir Zigarren mit.«

Mutter setzte sich und vergrub ihr Gesicht in den Händen. »Ich kann keine Zigarren mehr anschreiben lassen. Das geht nicht mehr. Ich will auch nicht mehr. Wenn du nur einmal den Blick des Händlers sehen würdest. Mir ist das alles so peinlich!«

Mein Vater hatte für diese zögernde Haltung überhaupt kein Verständnis, egal wie unvorstellbar hoch die Schulden beim Lebensmittelhändler auch sein mochten. Aber er ging ja auch nie zum Einkaufen, sondern schickte Mutter oder uns Kinder.

»Sag der Krämerseele, daß er sein Geld bekommt, wenn ich meines kriege.«

Meine Mutter nuschelte irgend etwas und erhob sich vom Stuhl. »Warte mal einen Augenblick.«

Sie verschwand im Schlafzimmer. Mein Vater konnte sich nie daran erinnern, wo er seine Zigarrenstummel abgelegt hatte. Üblicherweise ließ er sie einfach irgendwo liegen. Überall: im Schlafzimmer, im Badezimmer, auf der Kommode, auf dem Fensterbrett, auf der hinteren Veranda, auf Stühlen, auf Bilderrahmen und Spiegel – einfach überall. Manchmal schickte er die ganz Familie auf die Suche nach einem ganz bestimmten Zigarrenstummel. Wir Kinder fragten uns dann immer, wie er überhaupt den Unterschied zwischen dem einen oder anderen Stummel erkennen konnte. Für uns sahen sie alle gleich aus, nur er schüttelte solange den Kopf, bis wir ihm endlich den richtigen gebracht hatten.

Und weil meine Mutter seine Eigenheiten gut kannte, hatte sie viele der abgelegten Stummel in einer Zigarrenschachtel gesammelt. Mutter kam aus dem Schlafzimmer zurück und streckte ihm die offene Schachtel entgegen. Überrascht und fragend runzelte mein Vater die Stirn.

»Wo hast du die her?«

Sie war stolz auf ihre Meisterleistung. »Das sind deine!«

»Kann nicht sein«, log er.

»Doch.«

»Das sind nicht meine.«

»Sicher doch! Du glaubst doch nicht …«

»Hmm.« Er untersuchte sie näher. Er langte in die Schachtel und drückte auf einen der Stummel. Das Deckblatt zerbröselte und zerfiel zwischen seinen Fingern. Dann schüttelte er den Kopf.

»Die sind nicht mehr zu gebrauchen«, konstatierte er. »Sie sind zu alt.«

»Schau noch einmal«, beharrte sie. »Vielleicht findest du noch einen brauchbaren.«

»Hast du schon mal eine Zigarre geraucht?«

»Nein, warum?«

»Dann ist alles klar. Bring mir Zigarren mit. Und schmeiß die da weg.«

»Aber ich kann keine anschreiben lassen! Zigarren sind Luxus und das krieg' ich bei Mr. O'Neil nicht durch!«

»Was geht mich O'Neil an? Sag ihm, er soll Geduld haben. Frag ihn, ob er bei Schnee schon mal Ziegel gelegt hat. Frag ihn das einfach mal und warte, was er dir antwortet.«

Er ließ sie mit ihrer Zigarrenschachtel stehen. Vom Fenster konnte sie sehen, wie er die Straße runter stapfte, den Blick mit einem Kopfschütteln zum Himmel gerichtet. Wie ein hilfloses Hundebaby verschwand er im Schneegestöber.

Wolfgang Rüger
Als Italiener in Amerika

Ich gebe es gleich zu Anfang zu: Ich bin ein begeisterter Leser und glühender Verehrer von John Fante.

Es war in der ersten Hälfte der achtziger Jahre, als ich zufällig auf ein Buch von Fante stieß. Ich lebte damals in Marburg an der Lahn und kannte dort ein paar Freaks, die literarisch auf der gleichen Wellenlänge schwammen wie ich. Wir sympathisierten mit einer bestimmten Literaturszene, die man mit subkulturell wahrscheinlich nur unzutreffend umschreiben kann, und hatten Vorlieben für Publikationen aus ganz bestimmten Verlagen. Alles, was bei diesen Verlagen herausgegeben wurde, war für uns von höchstem Interesse. Wir verließen uns fast blind auf den Geschmack und das Gespür dieser Einmannfirmen. Die wirklich guten Verleger rechtfertigen solches Vertrauen auch heute noch.

Jürgen Schöneich, der Kopf unserer Literaturtruppe damals, entdeckte bei Maro – einem unserer Lieblingsverlage in jener Zeit – einen neuen amerikanischen Autor: John Fante. »Ich – Arturo Bandini« hieß das Buch. Es war meine Einstiegsdroge. Acht Bücher wurden ins Deutsche übersetzt, erschienen in drei Verlagen: Maro, Pohl 'n Mayer und Eichborn. Keines davon ist augenblicklich mehr lieferbar. Im Antiquariat sind sie gesuchte Raritäten.

I Sein Nachname war Bandini, aber er hätte lieber Jones geheissen

Trotz acht übersetzter Bücher weiß man über den Autor John Fante in Deutschland fast nichts. Das ist nicht verwundernswert, wenn man bedenkt, daß er selbst in den Vereinigten Staaten spät wiederentdeckt worden ist und erst in den letzten Jahren von der Kritik den Platz zugewiesen bekommen hat, der ihm gebührt – neben den besten West-Coast-Schreibern dieses Jahrhunderts.

John Fante, das älteste von vier Kindern von Nicholas Fante und Mary Capolungo Fante, wurde am 8. April 1909 in Denver, Colorado, geboren. Sein Vater, ein Maurer und Steinmetz, war in den Abruzzen, in Torricella Peligna aufgewachsen, und auch seine Mutter hatte, obwohl sie in Chicago geboren worden war, italienische Eltern. Die Fantes verließen Denver, als John noch ein kleines Kind war, und ließen sich in Boulder nieder. In vielen Punkten unterscheidet sich Fantes Lebensweg im weiteren nicht wesentlich von dem seiner Protagonisten in seinen Büchern, insbesondere dem seines alter ego Arturo Bandini. Die Probleme seiner Jugend dürften ungefähr denen entsprochen haben, die er in seinem ersten Buch, ›Wait Until Spring, Bandini‹, seinem jugendlichen Helden angedichtet hat: »Er hieß Arturo, aber er haßte diesen Namen und wollte lieber John genannt werden. Sein Nachname war Bandini, aber er hätte lieber Jones geheißen. Seine Eltern waren Italiener, aber er wollte lieber Amerikaner sein. Sein Vater war Maurer, er dagegen wollte lieber Werfer bei den ›Chicago Cubs‹ werden. Sie wohnten in Rocklin, Colorado, einer Stadt mit zehntausend Einwohnern, aber er hätte gerne dreißig Meilen weiter weg in Denver gelebt. Er hätte lieber keine Sommersprossen gehabt. Er ging in die Katholische Schule, eine staatliche wäre ihm lieber gewesen. Sein Schwarm hieß Rosa, aber sie konnte ihn nicht leiden. Er diente als Ministrant in der Kirche, aber er war ein Schurke und verachtete die Ministranten. Er wollte ein guter

Junge sein, aber er hatte Angst davor, seine Freunde könnten ihm das vorwerfen. Er hieß Arturo und er hatte seinen Vater gern, aber er hatte Angst vor dem Tag, an dem er erwachsen und besser als sein Vater sein würde. Er verehrte seinen Vater, seine Mutter hielt er für weichlich und dumm.« In diesem Absatz stecken praktisch alle zentralen Themen, die sich in allen Büchern Fantes wiederholen und die er immer wieder neu variiert hat.

Fante ging in Boulder auf die Gemeindeschule, war ein guter Schüler und begeisterter Sportler, vor allem das Baseballspiel hatte es ihm angetan. Schon früh wurde von den Nonnen der Gemeindeschule sein schriftstellerisches Talent erkannt und gefördert. Seine Highschooljahre verbrachte er auf dem Regis College, einer Jesuitenschule in Denver. Diese Jahre müssen einen bleibenden Eindruck hinterlassen haben, denn sie fanden Eingang in fast alle Bücher von ihm. »Diese Nonnen! Sie waren so sanft und gütig – und so blöde. Irgendwie waren sie alle wie Schwester Cecilia: sie sahen mit einem gesunden Auge, das andere war blind und nutzlos. ... Er haßte Schwester Cecilia.«

Nach dem Abitur schrieb er sich auf der Universität von Colorado ein. Ungefähr zu dieser Zeit ließen sich seine Eltern scheiden. Dieses Ereignis veränderte Fantes Leben entscheidend und nahm starken Einfluß auf sein späteres Schreiben. Fante verließ die Schule und folgte zusammen mit seinem Freund Ralph Burdick seinem Vater nach Kalifornien. Kurze Zeit später folgte ihnen seine Mutter, und Fante war gezwungen, sich schon in jungen Jahren als Haupternährer seiner Mutter und jüngeren Geschwister zu behaupten. Als Tagelöhner arbeitete er auf den Docks und in den Fischkonservenfabriken. Die Erfahrungen dieser Zeit verarbeitete er vor allem in seinem ersten Buch, »The Road to Los Angeles«, das er in den frühen dreißiger Jahren schrieb. »Jeden Morgen stand ich mit diesem Gefühl auf: Jetzt muß ich unbedingt einen Job finden, verdammt noch mal. Ich frühstückte, nahm ein Buch unter den Arm, schob Bleistifte in die Tasche und machte mich auf den Weg. Ich ging die Treppe hinunter und dann die Straße entlang, manchmal war es warm, manchmal kalt, manchmal neblig und manchmal klar. Es spielte nie eine Rolle, mit dem Buch unter dem Arm, auf der Suche nach Arbeit.« Nach einigen Jahren tiefster Armut, Erniedrigung und scheinbarer Besiegung, ging es jedoch wieder aufwärts. Fantes Eltern versöhnten sich, und er selbst konnte das Long Beach City College besuchen.

Mit 23 Jahren verließ Fante Southern California und ging nach Los Angeles. Er quartierte sich im Alta Vista Hotel ein, nahm sich »ein nettes Zimmer in Bunker Hill«, wie er später einem Reporter erzählte, »und versuchte, mich als Schreiber durchzuschlagen, aber ich scheiterte«. In seinem zweiten Buch, ›Ask the Dust‹, finden die Erfahrungen, die er in Los Angeles zu jener Zeit und später gemacht hat, und die Sehnsüchte, die ihn fortgetrieben haben, ihren Niederschlag: »... das ist es, was du denkst, daß du arm geboren wurdest, Sohn armseliger Bauern, herumgetrieben, weil du arm warst, aus deinem Colorado-Dorf geflohen, weil du arm warst, in den Gossen von Los Angeles gesuhlt, weil du arm warst, immer in der Hoffnung, ein Buch zu schreiben, um reich zu werden, denn diejenigen, die dich hinten in Colorado gehaßt haben, werden dich nicht mehr hassen, wenn du ein Buch schreibst.«

Fante schloß sich der Literatengruppe ›Proletarian Writers‹ an, ließ sich jedoch nicht von deren sozialistischer Linie vereinnahmen. Er schrieb einfach über das, was er am besten kannte: das Leben und Überleben in Armut in Bunker Hill, einem heruntergekommenen und als anrüchig geltenden Stadtteil von Los Angeles.

1937 lernte Fante während eines Besuchs bei seinen Eltern in Roseville Joyce Smart kennen, eine Schriftstellerin und Herausgeberin aus San Francisco, die seine Stories gelesen hatte und ihn sehr bewunderte. Noch im selben Jahr heirateten die beiden.

Bereits seit 1932 hatte Fante in rascher Folge kürzere Geschichten veröffentlicht. Sein Entdecker und erster Mentor war der große H. L. Mencken, der das Magazin ›The American Mercury‹ und die Zeitschrift ›Smart Set‹ herausgab und Gründer und Herausgeber der legendären Zeitschrift ›Black Mask‹ war, in der später Hammett und Chandler ihre ersten literarischen Sporen verdienten. Mit seinen beiden fiktiven Herausgeber-/Verlegergestalten H. L. Mueller (in ›Dreams from Bunker Hill‹) und J. C. Hackmuth (in ›Ask the Dust‹) setzte Fante seinem Förderer ein Denkmal. Mencken, mit dem Fante jahrelang in intensivem Briefwechsel gestanden, den er aber nie persönlich kennengelernt hatte (eine Edition ihres Briefwechsels ist bei Black Sparrow erschienen), und den er in seinem Roman ›West of Rome‹ namentlich erwähnt (»H. L. Mencken fand mich ziemlich gut«, behauptet da sein zweites Alter ego Henry M. Molise), verlegte 1938 auch Fantes ersten Roman. Vorausgegangen waren zwischen 1932 und 1938 weitere Veröffentlichungen in ›Esquire‹, ›Harper's Bazaar‹, ›Colliers‹, ›The Woman's Home Companion‹, ›The Saturday Evening Post‹ und ›The Atlantic Monthly‹.

Der nahende Zweite Weltkrieg machte dann jedoch dem raschen Erfolg ein jähes Ende. Von ›Wait Until Spring, Bandini‹ wurden nur 2000 Exemplare verkauft. Fantes melancholische Art des Erzählens war nicht mehr zeitgemäß. Die Veröffentlichung seines zweiten Romans, des Meisterwerks ›Ask the Dust‹ (1939), schließlich stand unter einem unglücklichen Stern. Sein Verleger Stackpole hatte eine unautorisierte, kritisch kommentierte Ausgabe von Hitlers ›Mein Kampf‹ herausgegeben. Für den sich anschließenden Rechtsstreit mußte Stackpole alle Kräfte mobilisieren und so ging Fantes Buch, das nicht nur Charles Bukowski für einen der größten je in Amerika publizierten Romane hielt, vollkommen unter. 1940 folgte zwar noch die Story-Sammlung ›Dago Red‹, danach war aber erstmal Funkstille.

Die nächsten fast zwanzig Jahre überlebte Fante, mittlerweile Vater von zwei Kindern (zwei weitere sollten noch folgen), als Randfigur in Hollywoods Traumfabrik. In den dreißiger und vierziger Jahren hatten die Produzenten der Major Companies mehr oder weniger alle talentierten Schreiber eingekauft, deren sie habhaft werden konnten. Fante war zum Drehbuchautor prädestiniert. Er war stilsicher, konnte pointiert schreiben, war witzig in seinen Dialogen und hatte eine genaue Beobachtungsgabe. Er war anpassungsfähig, hochgradig ehrgeizig (seine Frau Joyce meinte einmal, er sei »manchmal fast furchterregend in seinem aggressiven Ehrgeiz« gewesen) und in materieller Not. Hollywood wurde sein Rettungsanker und gleichzeitig, wie Fante rückblickend resümierte, die schlimmste Zeit seines Lebens. Von den acht produzierten Filmen, an denen er mitgearbeitet hatte, wurden lediglich ›Jeanne Eagle‹ und die Nelson Algren-Adaption ›A walk on the wild side‹ Achtungserfolge. Beide Filme behandeln die sozialen Schattenseiten Amerikas. Die einzig schönen und erfreulichen Erinnerungen, die er an diese Zeit behalten hat, waren die gemeinsamen, lasterhaften Saufgelage mit einem anderen erfolglosen Romancier jener Zeit – William Faulkner. Fantes persönliche Abrechnung mit der Glitzerfassade Hollywoods ist nachzulesen in ›Dreams from Bunker Hill‹ und ›West of Rome‹. »Meine ganze Arbeit, mein ganzes Denken war so weit von dem Film entfernt, daß es verblüffend und unglaublich war. Nur an zwei Stellen kam ich auf Zeilen, die ich vielleicht geschrieben haben könnte und die der Regisseur nicht gestrichen hatte. Die erste war an einer frühen Szene, als der Sheriff nach Sin City hineinritt, in vollem Galopp, und sein Pferd vor dem Saloon zum Halten brachte, wobei er ›Woah!‹ rief. Jetzt erinnerte ich mich an diese Zeile: ›Woah!‹. Meine Zeile. Etwas später stakste der Sheriff aus dem Saloon, bestieg sein Pferd und rief ›Auf geht's!‹. Das war ebenfalls von mir: ›Auf geht's!‹. ›Woah!‹ und ›Auf geht's!‹ – meine Erfüllung als Drehbuchschreiber.«

Seit Mitte der fünfziger Jahre war Fante Diabetiker. Obwohl ihn die Krankheit sehr einschränkte, schrieb er unverdrossen weiter. ›Full of Life‹, der zweite Roman über Bandinis Zeit in Los

Angeles, wurde 1952 ein großer Erfolg als Fortsetzungsroman im Reader's Digest und die auf dem Buch basierende Verfilmung 1956 sogar für einen Academy Award nominiert. Kurzfristig war Fante ein gefragter Drehbuchschreiber, er arbeitete unter anderem für die Columbia Pictures, die Twentieth Century Fox und MGM, kaufte sich ein Haus in Malibu und lebte in verhältnismäßigem Wohlstand.

1977 schließlich schien der große Durchbruch, die längst fällige Anerkennung des Schriftstellers Fante vor der Tür zu stehen. Francis Ford Coppola kündigte an, daß er nach ›Apocalypse Now‹ Fantes gerade erschienenen Roman ›The Brotherhood of the Grape‹ verfilmen wolle, mit Fante als Drehbuchautor. Robert Towne, Drehbuchautor unter anderem von Polanskis ›Chinatown‹, hatte die Verfilmungsrechte von ›The Brotherhood of the Grape‹ gekauft und die Regisseure des New Hollywood Kinos auf Fante aufmerksam gemacht. Aber es sollte wieder mal alles ganz anders kommen. Coppola hatte Probleme mit ›Apocalypse Now‹, und Fantes Gesundheitszustand verschlechterte sich zusehends. Er war mittlerweile fast blind, seine Diabetes quälte ihn und ihm wurden beide Beine amputiert.

Erst 1982 ging es ihm wieder etwas besser, und er gewann seine unglaubliche Schreiblust zurück. Er diktierte seiner Frau den Roman ›Dreams from Bunker Hill‹, der noch im gleichen Jahr bei Black Sparrow Press erschien. Schon ein paar Jahre zuvor hatte Charles Bukowski seinen Verleger John Martin von Black Sparrow Press auf Fante aufmerksam gemacht. 1980 erschien daraufhin dort eine Neuauflage von ›Ask the Dust‹, dem ›Dreams from Bunker Hill‹ und eine zweite Auflage von ›Wait Until Spring, Bandini‹ (1983) folgten. Das Fante Revival nahm seinen Anfang, für Fante kam es jedoch zu spät, er starb am 8. Mai 1983 im Alter von 74 Jahren im Motion Picture Hospital in Woodland Hills, California.

Bei Black Sparrow sind inzwischen alle Bücher von Fante erschienen. Aus dem geplanten Filmprojekt ist bis heute leider nichts geworden. ›Dreams from Bunker Hill‹ erfuhr 1984 in der Bearbeitung von Peter Adum eine Bühnenaufführung. Für fast alle Bücher von Fante sind in den Achtzigern Optionen auf die Verfilmung verkauft, aber nie realisiert worden. Außer in Deutschland werden seine Bücher in Belgien, Brasilien, Holland, England, Frankreich, Italien, Norwegen, Spanien und Schweden in Übersetzungen gelesen.

II Seine Eltern waren Italiener, aber er wollte lieber Amerikaner sein

Zwei Familien stehen im Mittelpunkt von Fantes Büchern: die Bandinis und die Molises. Sie haben stark autobiografische Züge und unterscheiden sich praktisch nicht. Beide leben irgendwo in einem Dorf in Colorado, das am »Arsch von Gottes weiter Welt« liegt. Die Familienoberhäupter haben zwar ehrbare Handwerkerberufe (Maurer, Steinmetz), sind aber saisonbedingt oft arbeitslos, was die materielle Situation ihrer Familien arg strapaziert. Um es unverblümt zu sagen: in den Häusern Bandini und Molise herrscht bitterste Armut.

›Wait Until Spring, Bandini‹ und ›1933 was a bad year‹, die beiden Romane, die die frühe Jugend von Arturo Bandini bzw. Dominic Molise beschreiben, spielen beide in Colorado, und beide fangen mit entsetzlichem Winterwetter an. Das Wetter steht hier symbolträchtig für alle Widrigkeiten des Daseins. Einem ehrgeizigen Jungen mit großen Träumen und Ambitionen bietet solch eine Gegend keine Perspektiven, schon gar nicht wenn er einer sozial unterprivilegierten Schicht entstammt. Wen wundert es da, wenn diese Voraussetzungen ein aufgewecktes Kerlchen wie Arturo an den Rand der Verzweiflung bringen: »Der Schnee wirbelte um mich herum wie ein Schwarm ärgerlicher Nonnen. Plötzlich blieb ich stehen. Die Zeit für eine Bestandsaufnahme war gekommen. Egal, ob das Wetter nun gut oder schlecht war, bestimmte Kräfte dieser Welt versuchten, mich zu vernichten.«

Bestandsaufnahmen machen die Protagonisten in Fantes Büchern in regelmäßigen Abständen. Immer geht es um die augenblickliche materielle Situation, ständig ist das Elend quasi alltäglich sichtbar. »Das Haus war noch nicht abbezahlt. Dieses Haus war sein Feind. Es konnte zu ihm sprechen, und wie ein Papagei plapperte es immer dasselbe. Jedes Mal, wenn die Verandabretter unter seinen Füßen knarrten, sagte das Haus frech: Ich bin nicht dein Eigentum, Svevo Bandini, und ich werde dir niemals gehören. Genauso war es, wenn er die Türklinke am Eingang drückte, immer dasselbe. Seit fünfzehn Jahren ging ihm das Haus mit seinen blöden Kommentaren auf die Nerven. Es gab Tage, da hätte er es mit einer Ladung Dynamit in die Luft jagen können.« Die Sorgen des Vaters unterscheiden sich von denen des Sohnes in keiner Weise, wie man in ›Ask the Dust‹ nachlesen kann: »Das wuchs an wie die Staatsschulden, ich würde zahlen oder verschwinden müssen, jeden einzelnen Cent davon – fünf Wochen überfällig, zwanzig Dollar und wenn ich nicht zahlte, würde sie meine Koffer behalten; bloß hatte ich keine Koffer, lediglich ein Köfferchen und das war aus Pappkarton und hatte nicht mal einen Riemen drum herum, weil der Riemen um meinen Bauch geschnallt war und meine Hose hochhielt, womit er keine große Mühe hatte, weil von meinen Hosen nicht viel übrig war.«

Die Familien wohnen »am Ende der Straße«, in einem »Holzhaus mit der durchhängenden Veranda, von dem die Farbe abblätterte. Das Haus mit dem schiefen, spitzen Dach, Heim des Maurers Peter Molise. Die einzigen Backsteine waren im Schornstein verbaut, und selbst der hatte Risse.« Wenn man aus solch einem Heim stammt, läuft man kaum Gefahr, sich in Illusionen zu verlieren. Wenn man allerdings auch nicht bereit ist, zu resignieren, dann bleibt viel Platz für Träume, die manchmal sogar wahr werden können. Fantes Helden geben selbst in ausweglosesten Situationen nicht auf. Sie schlagen oftmals schwere Schlachten gegen die Unüberbrückbarkeiten der Verhältnisse, gegen die Widrigkeiten des Lebens im allgemeinen, ja meist gegen sich selbst. Auch wenn sie in diesen Kämpfen selten erfolgreich sind, die Waffen strecken sie niemals. Am Ende mögen sie geschlagen sein, um böse Erfahrungen reicher, aber zerstört sind sie deshalb noch lange nicht. Ihr Optimismus ist grenzenlos und unbesiegbar.

Die materiellen Ausweglosigkeiten sind fast immer auf die italienische Abstammung zurückzuführen. Die Bandinis und Molises verkörpern das klassische Einwandererschicksal. Vom Regen in die Traufe. »Ich kannte den Kummer ihrer Seele, und sie tat mir leid«, reflektiert Dominic über seine Großmutter. »Sie war einsam, entwurzelt, fremd in einem fremden Land. Sie hatte nicht nach Amerika gewollt, aber mein Opa hatte ihr keine Wahl gelassen. ... Meine Großmutter war ein Finger, der vom Rest des Körpers abgerissen worden war ...« Ist die Generation der Großeltern deprimiert darüber, daß sie eine Armut gegen eine andere Armut eingetauscht hat (»Auch in den Abruzzen gab es Armut, aber es war eine süßere Armut, die alle untereinander teilten wie das Brot.«), daß sie eine Heimat aufgegeben hat, so hat die Generation der Enkel darunter zu leiden, daß ihnen der Anspruch auf Heimat von den Einwohnern des Landes, in dem sie geboren wurden, abgesprochen wird. Sie sind Außenseiter, Ausgestoßene, Abschaum in ihrem eigenen Geburtsland. In ›Ask the Dust‹ klagt Arturo: »Als Junge daheim in Colorado waren es Smith und Parker und Jones, die mich mit ihren gräßlichen Namen verletzten, die mich Wop und Dago und Greaser nannten, und ihre Kinder taten mir weh ...« Sein größtes Ziel ist es, als Amerikaner anerkannt zu werden.

»Die Moreys nebenan – nie hörte man auch nur einen Mukser von ihnen; niemals, sie waren ruhige amerikanische Leute. Seinem Vater genügte es nicht, ein Italiener zu sein, er mußte auch noch ein lauter Italiener sein.« In solchen Situationen haßt Arturo seinen Vater Svevo für dessen Selbstbewußtsein und dessen Abstammung. Das Gefühl, ein vollwertiger Amerikaner zu sein, gibt es für Arturo nur auf zwei Arten zu gewinnen. Entweder er schafft es, in irgendeinem Bereich (am liebsten als Schriftsteller oder Sportler) zur absoluten Spitzenklasse zu zählen, oder aber er trifft auf Menschen, die seiner Meinung nach noch weniger Legitimation besitzen, sich Amerikaner nennen zu dürfen. Geschieht das, werden Fantes Protagonisten zu grausamen, ungerechten Rassisten. »Ich war Amerikaner und verdammt stolz darauf. Diese großartige Stadt, der weitläufige, gepflasterte Boden und die stolzen Gebäude, das war die Stimme meines Amerikas. Aus Sand und Kakteen hatten wir Amerikaner ein Empire geschaffen. Camillas Leute hatten ihre Chance gehabt. Sie hatten versagt. Wir Amerikaner hatten die Wende gebracht, hatten gezaubert. Gott sei gedankt für mein Land. Gott sei gedankt, daß ich als Amerikaner geboren worden war!«, philosophiert Arturo in ›Ask the Dust‹, nachdem ihn seine angebetete mexikanische Freundin Camilla beleidigt hat, und er sich in seiner übertriebenen Empfindlichkeit an ihr rächen will.

Dieser latent vorhandene Rassismus bei Fantes Italienern wird in ›West of Rome‹ mit dem amerikanischen Problem schlechthin auf die Spitze getrieben. Eine von Henry Molises größten Sorgen ist es, daß sein Sohn Dominic »die weiße Rasse« ablehnt und mit einer schwarzen Frau verheiratet ist. Als Kathy ein Kind von Dominic erwartet, räsoniert Henry: »Warum konnte er sie nicht einfach vögeln und es damit gut sein lassen? Warum konnte er nicht von einem Arzt und dessen Skalpell profitieren und das Ding herauskratzen lassen? Welches Recht hatte er, sich und seinem Kind und meinem Enkel Kummer aufzubürden? Schwarz oder weiß, überhaupt geboren werden war schon schlimm genug, aber schwarz und weiß? Ein Jammer, daß das Baby nicht selbst entscheiden konnte.« Dieser scheinbar offensichtliche Rassismus muß einen beim oberflächlichen Lesen zuerst schockieren. Wer sich mit Fante aber eingehender beschäftigt hat, kann nur zu dem Ergebnis kommen, daß Fante durch eine bewußt überspitzte Darstellung des Schwarz-Weiß-Konfliktes auf die unabwendbaren Probleme von Henrys noch ungeborenem Enkel aufmerksam machen möchte. Dieses Mischlingskind, sollte es geboren werden, wird noch weniger Heimat finden in Amerika als Henry. Fante hat da, glaube ich, kein besonders positives Bild vom US-Amerikaner. »... mein Name endet mit einem weichen Vokal und sie hassen mich und meinen Vater und den Vater meines Vaters und sie würden mich gern zur Ader lassen und auf mir rumtrampeln ...«, stellt Arturo in ›Ask the Dust‹ fest. So sehr er sich von ganzem Herzen wünscht, als Amerikaner anerkannt zu werden, so wenig identifiziert er sich mit der »Herzlosigkeit« des weißen Amerikaners, der »Smith und Jones und Parker« heißt und »Sonnenbrille und Polohemd« trägt. Schon Oma Bettina aus ›1933 was a bad year‹ fand keinen Gefallen an dem sauberen Geruch dieses Landes. »Der Geruch eines kranken Landes«, prophezeite sie.

Auch wenn Arturo in seiner blindwütigen Rachsucht immer wieder in amerikanische Verhaltensmuster verfällt, rassistische Tendenzen an den Tag legt, ist er doch alles andere als ein Menschenfeind. In ausweglosen Situationen ist solch ein Verhalten für ihn ein Ventil, um sich wenigstens so etwas wie Selbstachtung zu bewahren. Im gleichen Atemzug, in dem er einen Mitmenschen denunziert, ist er sich über die Niederträchtigkeit dieses Verhaltens im klaren. »... wenn ich Greaser zu dir sage, dann ist es nicht mein Herz, das spricht, sondern das Zittern einer alten Wunde und ich schäme mich, daß ich so was Schreckliches getan habe.«

III Er diente als Ministrant in der Kirche, aber er war ein Schurke

»Arturo Bandini war sich ziemlich sicher, daß er einmal nicht in die Hölle mußte. Das Tor zur Hölle war die Todsünde. Er war der Meinung, daß er viele begangen hatte, aber die Beichte hatte ihn gerettet. Er ging immer rechtzeitig zur Beichte – das heißt, bevor es zu spät war. Beim Gedanken daran klopfte er jedesmal auf Holz, damit er immer rechtzeitig dort sein würde – bevor er mal stirbt. So war sich Arturo also ziemlich sicher, daß er nach dem Tod nicht in der Hölle landen würde. Aus zwei Gründen. Wegen der Beichte, und weil er ein schneller Läufer war.« Hat ein Autor je liebenswerter einen chaotischen Theisten, einen religiösen Anarchisten kreiert als John Fante seine männlichen Bandinis und Molises?

Alle Personen Fantes sind durch und durch geprägt vom alles beherrschenden katholischen Glauben. Da schlägt die italienische Abstammung voll durch. »Im Katechismus konnte man die klaren Regeln für den Himmel nachlesen: die Seele mußte völlig rein sein, ohne den geringsten Makel einer Sünde«, heißt es in ›Wait Until Spring, Bandini‹. Die Mütter erfüllen diese Bedingung auf fast unmenschliche Weise. Sie sind ausnahmslos gottesfürchtige Beterinnen und regelmäßige Kirchgängerinnen. Sie sorgen in tadelloser Manier für den Haushalt, die Kinder, ihren Ehemann. Sie nehmen in fast ekelerregender Weise alle Demütigungen hin, lassen sich keine Fehltritte zu Schulden kommen, nehmen lammfromm die Opferstellung ein. Sie leiden für die Sünden ihrer Kinder und Ehemänner, beten Rosenkränze und »Gegrüßet seist du, Maria« und erteilen Absolution, wenn die armen Sünder ihre Fehler eingesehen haben und reumütig zurückkehren. Sie heißen Maria, haben »das Gemüt eines Engels«, sind Heilige. Aber – sie haben keinen Schulabschluß, sind »weichlich und dumm«, nicht weltlich. »Warum konnte seine Mutter nicht so wie andere Mütter sein? Sie war, wie sie war und jeden Tag wurde ihm das von neuem bewußt. Die Mutter von Jack Hawley hatte etwas Aufregendes an sich: die Art wie sie ihm Kekse gab, ließ sein Herz höher schlagen. Jim Tolands Mutter hatte hübsche Beine. Die Mutter von Carl Molla trug nur dünne Baumwollkleider; er stand aufgeregt hinter ihr, als sie in ihrer Küche den Boden putzte. Mit gierigen Blicken beobachtete er die Bewegungen ihrer Hüften. Damals war er zwölf, und die Tatsache, daß seine Mutter ihn nicht erregte, schürte einen heimlichen Haß in ihm. Immer wieder beobachtete er sie aus den Augenwinkeln heraus. Einerseits liebte er sie, andererseits verachtete er sie.«

Ganz anders dagegen die männlichen Helden. Sie stehen mit beiden Beinen im irdischen Glück. Die Väter, das sind Kraftbolzen, Glücksritter, Abenteurer, Ketzer, Arbeitstiere, Vandalen, Ehebrecher. Das herausragendste Beispiel hierfür ist Nick Molise aus ›The Brotherhood of the Grape‹. »Friedlich konnte niemand seine Wege kreuzen. Gegen fast alles hatte er was, besonders gegen seine Frau, seine Kinder, seine Nachbarn, seine Kirche, seinen Priester, seine Stadt, seinen Staat, sein Land und gegen das Land, aus dem er ausgewandert war. Außerdem scherte er sich einen Dreck um die Welt, die Sonne, die Sterne, das All oder Himmel und Hölle. Aber er mochte die Frauen. ... Er war mehr als ein Oberhaupt der Familie. Er war Richter, Geschworener und Henker. Er war Gott persönlich.«

Bei solch extremen Gegenpolen, für welche Seite soll sich da ein Kind entscheiden? Arturo, Dominic und Henry, die jugendlichen Helden, schlagen sich auf die Seite des Vaters, behalten aber das schlechte Gewissen, das ihnen die mütterliche Erziehung eingeimpft hat. »Der Katechismus stellte Regeln auf, wie man die häßliche Zeit im Fegefeuer verkürzen könnte, und zwar durch gute Taten, durch Gebete, durch Fasten und Verzicht, und durch das Sammeln von Ablaß. Soweit es ihn betraf, waren gute Taten nicht möglich«, stellt Fante für Arturo lapidar fest.

Arturo ist wie sein Vater ein Kerl mitten aus dem Leben. Da wird nichts beschönigt und nichts verdammt. Das Bürschchen hat Ecken und Kanten, ist blutvoll bis in die Haarspitzen und hat es faustdick hinter den Ohren. Es könnte einem den Magen umdrehen, wenn dieser kleine Bastard ein Huhn totschlägt – einfach so, weil er gerade wütend ist – oder eine lebende Ratte fängt und mit Reißzwecken an ein kleines Kreuz nagelt und dieses auf einen Ameisenhaufen stellt oder die Kamee, die er seiner Mutter geklaut hat, »mit all seiner Kraft über das Dach eines zweigeschossigen Hauses« wirft, nur weil seine angebetete Rosa dieses Geschenk abgelehnt hatte, oder bestialische Vernichtungsfeldzüge gegen Krebse führt (»Den ganzen Nachmittag über tötete ich Krebse, bis meine Schulter wehtat hinter dem Gewehr und meine Augen brannten hinter dem Visier.«). In solchen Momenten möchte man diesem Hurensohn am liebsten den Hals umdrehen. Aber dann gibt es wieder Augenblicke, wo er total hellsichtig ist, sich rührend um seine Mutter, seine Geschwister, seinen Vater sorgt.

Oftmals aber resultieren die guten Taten, die auf Verfehlungen folgen, nur aus Angst vor der Strafe Gottes. In solchen Momenten holt ihn seine Erziehung ein, die er bei seiner Mutter und den Nonnen der St. Catherine School genossen hat. Selbst als erwachsener Mann kann er sich diesen Ritualen nicht entziehen, und er wirkt bemitleidenswert lächerlich, wenn er nach einer »Verfehlung« Stoßgebete gen Himmel schickt, um Absolution bettelt oder mit dem Allmächtigen einen Deal zu machen versucht. In ›Ask the Dust‹ gibt es eine Stelle, wo sein zweifelhaftes Hin-und-hergerissen-Sein in aller Schonungslosigkeit entlarvt wird. »Ich selber, ich bin Atheist: ich habe den ›Anti-Christ‹ gelesen und halte es für ein herausragendes Hauptwerk. Ich glaube an die Umwertung der Werte, Sir. Die Kirche muß verschwinden, sie ist der Hafen der Dämlichkeit, für Trottel und Schwachköpfe und billige Kurpfuscher. ... Ich kniete nieder. Das war Gewohnheit, dieses Knien. Ich setzte mich. Nein, knien war besser, der scharfe Druck an den

Knien lenkte von dem fürchterlichen Schweigen ab. Ein Gebet. Sicher, ein Gebet: aus sentimentalen Gründen. Allmächtiger Gott, tut mir leid, daß ich jetzt Atheist bin, aber hast du Nietzsche gelesen? Ah, welch ein Buch! Allmächtiger Gott, ich will fair sein. Ich will dir einen Vorschlag machen. Mach einen großen Schriftsteller aus mir und ich werde zur Kirche zurückkehren.«

Diese Canossa-Gänge macht er jedoch nur, wenn es ihm ganz schlecht geht. Ansonsten gilt, was Arturo bereits in Fantes Erstling, ›The Road to Los Angeles‹, großmäulig verkündet: »Es gibt kein Leben nach dem Tod. Die himmlische Hypothese ist pure Propaganda, ausgedacht von den Besitzenden, um die Besitzlosen zu täuschen. Es ist die ständige Irreführung einer Menschheit, der Sand in die Augen gestreut wird. Ich lehne die Gotteshypothese ab. Religion ist Opium fürs Volk. Die Kirchen sollten zu Krankenhäusern und städtischen Wärmehallen gemacht werden. Alles, was wir sind und je zu werden hofften, verdanken wir dem Teufel und seinen verbotenen Äpfeln. In der Bibel stehen 78000 Widersprüche. Ist das Gottes Wort? Nein! Ich lehne Gott ab! Ich stelle ihn mit leidenschaftlichen und unerbittlichen Verwünschungen öffentlich bloß! Ich akzeptiere das gottlose Universum. Ich bin Monist.«

IV Sein Schwarm hiess Rosa, aber sie konnte ihn nicht leiden

Eng verzahnt mit Kirche, Religion und Glaube ist das Verhältnis der männlichen Bandinis und Molises zum weiblichen Geschlecht. Für sie gibt es zwei Kategorien Frauen: die Heilige und die Hure. Mit der Heiligen ist man verheiratet, mit der Hure macht das Leben Spaß.

Die Probleme mit den Frauen fangen schon als Kind an. In ›Dreams from Bunker Hill‹ erinnert sich Arturo an eine Episode aus seiner frühen Kindheit. Zufällig beobachtet er seine Cousine

Catherine, die »vor dem Ankleidespiegel stand und ihr langes, rotes Haar auskämmte. Sie war splitternackt, abgesehen von den hochhackigen Schuhen ihrer Mutter, eine voll erblühte Frau von acht Jahren. Ich verstand weder die Aufregung, die in mir brodelte, noch die Verwirrung über die elektrisierende Schönheit meiner Cousine, die mich überkam. Ich stand da und onanierte. Ich war fünf Jahre alt und die Welt bekam eine neue und gewaltige Dimension.« Diese Dimension bestimmt das gesamte Leben aller männlichen Bandinis und Molises. Mit einem Unterschied – die Väter von Arturo und Dominic haben weniger Gewissensbisse, wenn sie sich eine außereheliche Verfehlung zu Schulden kommen lassen. Während Svevo, Nick und Peter nach Herzenslust über die Stränge schlagen, ohne mit der Wimper zu zucken, einen Seitensprung riskieren und sich in Kneipen und Spielsalons mit zweifelhaftem Ruf vergnügen, sind ihre Söhne mit Skrupeln geschlagen wie mit einer ekelerregenden Krankheit. Die Konsequenz aus Arturos verstohlenen Blicken auf Cousine Catherine war denn auch nicht ohne Folgen. »Ich war also ein Verbrecher. Ich fühlte mich die darauffolgenden vier Jahre als Verbrecher. Ein schleichender, rotznasiger, sommersprossiger, undurchsichtiger Verbrecher, bis ich schließlich unter der Last meines Kreuzes zusammenbrach und mich zu meiner ersten Beichte schleppte und dem Priester die Wahrheit über mein bestialisches Leben berichtete.« Manchmal ist das schlechte Gewissen jedoch so stark, daß selbst eine Beichte nichts nützt: »Ich hatte Kopfschmerzen, und in meinem Rücken saß ein Schmerz wie von einem gezerrten Muskel, und ich wußte, der kam vom Zuviel-an-nackte-Frauen-Denken.«

Wenn man von einer gottesfürchtigen Mutter erzogen wird und einen gotteslästerlichen, gewissenlosen Vater als abschreckendes Beispiel vorgehalten bekommt, muß man sich in seiner Jugend zwangsläufig in die falschen Mädchen verlieben. Fantes jugendliche Helden verlieben sich prinzipiell in unerreichbare Girls. Es sind die jungfräulich Unschuldigen, die wohlerzogenen Töchter aus gutem Hause, die Primusse der Schulklasse. Mädchen wie Dorothy Parrish, von der Dominic schwärmt: »Ich liebte sie. Es war verrückt, unmöglich und dumm, aber ich wollte der Teppich sein, über den sie ging, das Bett, in dem sie schlief, die Seife, die ihre Haut wusch, die Klobrille, auf der sie saß.« Solchen Mädchen, die einen magisch verzaubern, denen man bedingungslos verfallen ist, muß man sofort einen Heiratsantrag machen. Im Zusammenhang mit solchen Mädchen darf man ohne die Legitimierung der Kirche keine unzüchtigen Gedanken haben. Aber wie soll man unzüchtige Gedanken unterdrücken, wenn man einen Vater hat, vor dem kein Rock sicher ist, den man trotz seiner Laster insgeheim sehr bewundert und verehrt, weil man instinktiv fühlt, daß seine Art zu leben die richtige ist?

»Er sah gern Liebesfilme. Er ging gern hinter Mädchen die Treppe hoch. Er mochte alles an den Mädchen, Arme, Beine, Hände, Füße, ihre Schuhe und Strümpfe, ihre Kleider, ihren Duft und ihre Gegenwart. Seit seinem zwölften Lebensjahr gab es nur noch zwei Dinge für ihn, Baseball und Mädchen, oder Frauen, wie er sich ausdrückte. Ihm gefiel der Klang des Wortes besser. Frauen. Frauen. Frauen.« So ist in ›Wait Until Spring, Bandini‹ über den 14-jährigen Arturo zu lesen. Sechs, sieben Jahre später, in den Romanen ›The Road to Los Angeles‹, ›Ask the Dust‹ und ›Dreams from Bunker Hill‹, werden die Probleme mit den Frauen für Arturo noch größer. Sex ist jetzt ein Bedürfnis, das sich nicht mehr unterdrücken läßt. Zunächst sorgt noch das Wichsen zu Hause im Wandschrank für Abhilfe, aber dann, in Los Angeles, in seinen schäbigen Absteigen in Bunker Hill, muß sich Arturo darüber klar werden, daß er keine Ahnung hat, »wie's im Leben zugeht«. »Ja, mein Gott, Mann«, bemitleidet er sich selbst, »ist dir eigentlich klar, daß du nie was mit einer Frau hattest?«

Es gibt für ihn nur einen Ausweg. Wild entschlossen durchstreift er die Straßen »auf der Suche nach einer Frau«. Arturo ist am Verhungern, hat aber zu dieser Stunde 10 Dollar in der Tasche, die ihm seine Mutter per Brief geschickt hat. An irgendeiner Straßenecke gabelt ihn eine Nutte auf, nimmt ihn mit auf ihr Zimmer, er gibt ihr generös 8 Dollar und verläßt, bevor es zu Intimitäten kommt, von entsetzlichen Gewissensbissen gepeinigt, fluchtartig das Zimmer. »Oh Jesus, laß mich tot umfallen und schick meinen Körper heim, laß mich tot umfallen und laß mich wie einen heidnischen Narren sterben ...« Bei Nutten sind Fantes jugendliche Protagonisten grundsätzlich impotent.

Die ersten sexuellen Erfahrungen macht Arturo schließlich mit reiferen Frauen, die ihn mütterlich umsorgen. Helen Brownell ist eine seiner Zimmerwirtinnen in Bunker Hill. Vera Rivken ist Haushälterin und von dem Glauben besessen, einen unansehnlichen Körper zu besitzen. Auf Arturos Mitleid spekulierend, gelingt es ihr, ihn zu verführen. Daß solche Beziehungen nicht frei von Komplikationen sein können, liegt auf der Hand. Nachdem Arturo mit Vera geschlafen hatte, wird Los Angeles von einem Erdbeben heimgesucht, bei dem Vera umkommt. Arturo ist sich sicher, daß das die Strafe Gottes für sein sündiges Verhalten ist. Wieder mal beschwört er sich: »Von jetzt an nur noch Anstand und Freundlichkeit. Dies war der Wendepunkt. Dies hier war für mich bestimmt, eine Warnung an Arturo Bandini.«

Bleibt nur noch die Ehe. Aber das ist die Hölle auf Erden. In keinem dieser sieben Bücher gibt es eine einzige harmonisch funktionierende Ehe. Eheleben ist: täglicher Kleinkrieg, langweilende Gewohnheit, anödendes Nebeneinander, fetzender Familienkrach, nervenaufreibende Scherereien, langsames Entfremden, kinderbezogene Sachzwänge, klammheimlicher bis offensichtlicher Ehebruch, manchmal Mord und Totschlag, Trennung und letztendlich reumütiges Zurückkommen.

›West of Rome‹ ist die Zuspitzung aller Familienprobleme, hier hat Fante alles auf einen Punkt gebracht, was er im Zusammenhang mit Familie und Ehe zu sagen hat. Dieses Buch ist die definitive Haßliebeserklärung an die Familie in der Literaturgeschichte.

Gleich zu Anfang beschreibt Henry Molise das Verhältnis zu seiner Familie folgendermaßen: »... ich hatte den überwältigenden Drang, es (das Haus, W. R.) loszuwerden und das Land zu verlassen. Nur über meine Leiche, lehnte Harriet ab, und ich freute mich oft an sehnsüchtigen Träumereien, in denen sie in einer Blutlache auf dem Küchenfußboden lag, während ich draußen an der Weide ein Grab schaufelte, dann mit siebzigtausend Dollar in meinen Jeans in eine Al Italia nach Rom kletterte und auf der Piazza Navona ein neues Leben anfing, zur Abwechslung mal mit einer Brünetten. Aber sie war sehr gut, meine Harriet. Sie hatte es fünfundzwanzig Jahre lang mit mir ausgehalten und mir drei Söhne und eine Tochter geschenkt; jeden einzelnen von ihnen oder eigentlich alle vier hätte ich liebend gerne eingetauscht gegen einen neuen Porsche oder sogar gegen einen MG GT '70.«

Immer wieder lassen sich alle Eheprobleme auf die »gnadenlos katholische« Frömmigkeit der Frauen reduzieren. Eine Stelle in ›1933 was a bad year‹ bringt das zum Ausdruck: »Oh, meine Mutter war eine gute Frau, eine edle Frau. Sie hatte noch nie jemand hintergangen oder belogen oder getäuscht, noch nicht mal ein unfreundliches Wort kam ihr je über die Lippen. Sie schrubbte die Böden und hing Berge von Wäsche auf und bügelte stundenlang, sie kochte und nähte und wischte und lächelte tapfer in diesen schweren Zeiten. Sie wanderte umher mit den Wundmalen Christi an Händen und Füßen und einer Dornenkrone auf dem Kopf, ein Opfer Gottes, ihres Mannes und ihrer Kinder. Ihr Leiden war so unerträglich, daß man nicht hinschauen konnte, daß ich mir wünschte, sie würde mal sagen Oh Scheiße oder Leck mich am Arsch oder Hau ab. Ich sehnte den Tag herbei, an dem sie aufmucken würde, meinem Vater einen Weinkrug auf dem Kopf zertrümmern, Bettina aufs Maul hauen und uns Kinder mit dem Stock verprügeln würde. Statt dessen bestrafte sie uns mit Vaterunser und Gegrüßet seist du Maria, sie erwürgte uns mit einer Kette aus Rosenkranzperlen.«

Trotz ihrer Frömmeleien muß die Ehefrau nicht notgedrungen asexuell sein. Ganz im Gegenteil, bei Fante haben auch die Ehefrauen ihre Sehnsüchte und Leidenschaften. Wenn es um die Lösung unangenehmer Probleme geht, können selbst diese tugendhaften Familienheiligen mit allen erlaubten und unerlaubten Tricks weiblicher Reize pokern. Um etwas zu erreichen, von dem sie wissen, daß es ihr Gatte nur mit größtem Widerwillen tun wird, sind sie sich nicht zu fein, auch ihren Körper als Preis dafür einzusetzen. »... während ihre Hände an meinem Bauchnabel vorbei in meine Hose glitten. Sie liebkoste mich, preßte ihre Zungenspitze in mein Ohr, drückte und streichelte mich sanft mit zehn erfahrenen, beschwörenden Fingern und intonierte dabei eine Fuge zu einem Fick auf meiner Flöte. Als sie dann hauchte: ›Los, tun wir's‹, eilte ich hinter ihr her ins Schlafzimmer, bemüht, meine Jeans abzustreifen und voller Sorge, daß die Musik auf einmal aufhören könnte, so wie es in den letzten Monaten schon öfter vorgekommen war.« Spielchen wie diese mögen Fantes Männer allerdings nicht besonders. Sie sind mehr interessiert an ehrlicher Vulgarität, an Frauen, die Lippenstiftspuren an der Unterwäsche hinterlassen; an Frauen, die eine dünne Schicht Jasminhonig über den »spada« streichen; an Frauen, auf die sogenannte unbescholtene Bürger gerne den ersten Stein werfen würden. Ihr Ideal ist die Frau, »die ihn fordert, die ihn anregt und hart arbeiten läßt«.

Eine kinderlose Ehe wäre für einen Italiener wie Spaghetti ohne Soße. Die verheirateten Bandinis und Molises haben jeweils mindestens drei Kinder. Für Väter stellen Kinder aber ein schweres Handicap auf ihrem Weg zu einem zwanglosen Leben dar. Es gibt Situationen, wo sie lieber keine Kinder hätten. Das geben sie dann jedermann in aller Deutlichkeit zu verstehen. In ›The Brotherhood of the Grape‹ wird vorweggenommen, was sich in ›West of Rome‹ zuspitzt. »Er mochte uns nicht besonders, und schon gar nicht liebte er uns, dessen war ich mir sicher. Wir waren bloß gewöhnliche, einfache Kinder, die sich nicht besonders hervortaten – und er hatte mehr erwartet. Wir waren die Hausarbeit, die getan werden mußte, keine reiche Ernte, weder Spargel, Feigen noch Datteln, eher bescheidene Kost, Kartoffeln, Mais und Bohnen, und er mußte sich damit abplacken, schimpfend und die Scholle mit Füßen tretend, bis die Ernte heranreifte.«

Immer wieder – in allen Büchern Fantes – gibt es lapidar hingeworfene Sätze wie »Er haßt Frauen und Kinder.« oder »Seine Kinder waren die Nägel, die ihn ans Kreuz meiner Mutter schlugen. Keine Kinder – und er wäre frei wie ein Vogel gewesen.« Auch diese scheinbar ausgesprochene Kinder- und Familienfeindlichkeit ist nichts weiter als ein augenblicklicher Ausbruch von Rebellentum gegen unaufhebbare Sachzwänge, die die Verhältnisse mit sich bringen. Fantes Männer stoßen immer wieder an Grenzen, die sie im ersten Moment nicht akzeptieren wollen. Sie würden gerne nach Lust und Laune leben, müssen jedoch immer wieder feststellen, daß das nicht geht, wenn man Verantwortung für eine Familie zu tragen hat, wenn man materiell abgesichert leben will, wenn man die Bedürfnisse seiner Kinder befriedigen möchte. Auf der einen Seite sind sie die besten Väter, die man sich vorstellen kann, auf der anderen Seite müssen sie des öfteren mal ausbrechen, um das Gefühl zu haben, selbst nicht vollkommen auf der Strecke zu bleiben. Als abschreckendstes Beispiel, wie ein aufopferndes und selbstverleugnendes Leben aussieht, haben sie ihre Ehefrauen vor Augen.

V Sein Vater war Maurer, er dagegen wollte lieber Werfer bei den Chicago Cubs werden

Alle Männer Fantes haben Obsessionen, für die sie bereit sind, ihr Leben aufzuopfern und die ihnen manchmal den Alltag richtig schwer machen.

Kannte die Literaturgeschichte bisher vor allem Phil Marlowes

Affinität für Joe di Maggio, so muß sie jetzt auch die Neigung der Bandinis und Molises für Baseball registrieren. In ›Ask the Dust‹ stellt der mittellose und heruntergekommene Arturo »mit Befriedigung fest, daß Joe di Maggio den Italienern immer noch zur Ehre gereicht, weil er die Liga in punkto Treffsicherheit anführte«. Di Maggio wird hier zum Sinnbild für den Immigranten, der es zu Ruhm und Ehre gebracht hat. Ein Vorbild im übertragenen Sinne für Arturo, der auf dem Gebiet der Schriftstellerei reüssieren will.

In ›1933 was a bad year‹ ist Dominic überzeugt, daß er »der Welt größter Linkshänder des Baseball« ist. Sein größtes Ziel ist es, als gefeierter Pitcher bei den Chicago Cubs zu spielen. Um dieses Ziel zu erreichen, muß er aus seinem Heimatkaff heraus. Um weggehen zu können, braucht er Geld. Um dieses Geld beschaffen zu können, ist er skrupellos genug, die Zementmischmaschine seines Vaters zu verhökern. Dazu muß man wissen: Die Zementmischmaschine ist die einzige Einkommensquelle des Vaters, ohne sie ist die Familie dem Verhungern preisgegeben. In ›The Brotherhood of the Grape‹ ist Mario Molise kurz vor dem Sprung ins Profilager, wird aber von seinem Vater Nick daran gehindert, ein Baseballstar zu werden. »Mario wäre zu jung, sagte er beharrlich, und außerdem wäre Baseball eine unvernünftige Art und Weise, sich seinen Lebensunterhalt zu verdienen. Fünf, sechs Jahre und dann wäre man fertig, ein Niemand, ein Taugenichts. Besser, er hätte einen ehrenvollen Beruf, den eines Maurers, würde mit Ziegeln und Steinen bauen, statt mit einem kindischen Spiel ohne Zukunft sein Geld zu verdienen.«

Was den Söhnen die Liebe zum Baseball, ist den Vätern und Großvätern die Liebe zum Kartenspiel. Eines ist ihnen allen jedoch gemeinsam: Sie können nur kleine, zeitweilige Erfolge verbuchen. Die Regel sind das große Scheitern und die großen Verluste. Die Niederlagen resultieren aus der grandiosen Selbstüberschätzung der eigenen Fähigkeiten. »Doch eine Chance hatte er nie, denn er war ein erbärmlicher Spieler, verwegen und beängstigend, wenn er mit einem Paar Assen so spielte, als wäre er bedient, niemals klein beigab, wieder und wieder den Einsatz erhöhte, bis sein letztes Geldstück in den Topf geschmissen wurde. Natürlich war ihm das Glück auch manchmal zugetan. Dann gewann er, was in Reichweite lag und brach das Spiel ab. Jubelnd und lachend trank er auf Kosten des Hauses und eilte dann die Atlantic Street hinunter zu einem neuen Spiel, denn aufhören konnte er nicht. Er mußte weitermachen, bis zu seiner endgültigen Vernichtung, wie jemand, der entschlossen ist, sich einer tödlichen Leidenschaft zu opfern«, heißt es in ›The Brotherhood of the Grape‹ über Nick Molise.

Für die Generation der Väter und Großväter hat diese Einstellung etwas mit Berufsethos zu tun. Für sie ist es einfach eine Selbstverständlichkeit: Wenn man etwas anpackt, macht man es richtig oder gar nicht. In ›The Brotherhood of the Grape‹ wird dieser Ethos auf das dramatischste geschildert. Der über 70-jährige Nick hat sich in den Kopf gesetzt, auf seine alten Tage nochmals eine Räucherkammer zu bauen. Es ist die letzte große Herausforderung seines Lebens. Es soll ein Bauwerk werden, das die Jahrhunderte überdauert und mit dem er sich selbst ein Denkmal setzt. Sein Sohn Henry, der ihm dabei helfen muß, urteilt über ihn: »Seine Liebe zu jedem Stein erfüllte ihn mit größerer Freude, als seine Leidenschaft für Glücksspiel, Wein oder Frauen. Gewöhnlich arbeitete er bis spät nach Feierabend, oft sogar bis in die Dunkelheit und hatte – wegen der Überstunden – unter Handlangern und Hilfsarbeitern einen schlimmen Ruf. Mit der Maurergewerkschaft stand er schon immer auf schlechtem Fuß.«

Für die Enkel ist die Antriebsfeder die Verheißung auf Heimat.

Nur wenn sie es zu Ansehen und Ruhm bringen, kann ihr Wunsch, als Amerikaner anerkannt zu werden, in Erfüllung gehen. Arturo und Henry wollen es als Schriftsteller schaffen. Ihre Vorbilder sind natürlich – ganz unbescheiden – die Größten: Knut Hamsun, Sherwood Anderson, Jack London, Thomas Wolfe, Dreiser, D'Annunzio, Pirandello, Flaubert, Maupassant, Silone, Hemingway, Steinbeck, Scott Fitzgerald, Chandler und immer wieder Dostojewski. »Eines Abends, als der Regen auf das schräggeneigte Küchendach prasselte, schlich sich ein außergewöhnlicher Geist für immer in mein Leben. Ich hielt sein Buch in der Hand und bebte, während er zu mir sprach: über die Menschen und die Welt, über Liebe und Wahrheit, Qual und Schuld, und ich wußte, ich würde nie wieder der alte werden. Sein Name war Fjodor Michailowitsch Dostojewski. Er wußte mehr über Väter und Söhne als jeder Mensch auf der Welt, und über Brüder und Schwestern, Priester und Schurken, Schuld und Unschuld. Dostojewski verwandelte mich«, bekennt Henry in ›The Brotherhood of the Grape‹.

Die schriftstellerischen Versuche sind alle mehr oder weniger dem Scheitern preisgegeben. Das Ziel wird nicht erreicht, die große Sehnsucht bleibt unerfüllt. Die Niederlagen schmecken bitter für Arturo und Henry. Den schriftstellernden Arturo lernen wir nur als Teen und Twen kennen. Über sein erstes Manuskript urteilt Schwester Mona in ›The Road to Los Angeles‹: »Es ist das verrückteste Buch, das ich je gelesen habe! ... Das ekelhafteste, schlechteste, verrückteste, idiotischste Buch auf der ganzen Welt! Es war so schlecht, daß ich es noch nicht mal lesen konnte.« Henry ist bereits Vater und muß sich in ›West of Rome‹ von seinem Sohn sagen lassen: »Paps, du bist ein saumäßiger Schriftsteller. ... Ich habe deine Romane gelesen. Das ist abgedroschener, rührseliger Mist, und von deinen Drehbüchern rede ich gar nicht erst.« In ›The Brotherhood of the Grape‹ wirft ihm seine Schwägerin an den Kopf: »Schreibst du noch immer diese beschissenen

Romane? Beim letzten mußte ich mich übergeben. Ich habe ihn gleich verbrannt, damit die Kinder nicht verdorben werden. Du lieber Gott, was ist das für eine Art, sein Geld zu verdienen!«

Arturo und Henry stehen hier – übrigens stellvertretend für alle Fante-Helden – als Metapher für die Vergeblichkeit von Ausbrüchen. Getrieben von verschiedensten Sehnsüchten schaffen es die Protagonisten doch nie, ihrem erbärmlich hausbackenen Alltag zu entfliehen. In ›West of Rome‹ räsoniert Henry: »Ich wußte, was er meinte. Schließlich hatte auch ich Schwierigkeiten, mich dem bürgerlichen Leben anzupassen. Seit fünfundfünfzig Jahren kämpfte ich damit, und es war mir immer noch nicht gelungen.«

Im Kampf gegen die Windmühlen des Alltags bleiben diesen tapferen Rittern von der traurigen Gestalt aber immerhin ein paar weltliche Freuden. Eine dieser dauernden Freuden steckt in Henrys Bekenntnis: »Ich war ... ein Hinternfetischist.« Ich kenne keinen anderen Schriftsteller, der sich in der Literatur so exzessiv über das weibliche Hinterteil ausgelassen hat. Der Hintern einer Frau kann für Fantes Männer binnen Sekundenbruchteilen über Gut oder Böse, über Himmel oder Hölle entscheiden. Nichts desillusioniert sie mehr, nichts bringt sie schneller runter als »ein ganz gewöhnlicher Arsch«. Hat eine Frau jedoch einen »weltmeisterlichen Arsch«, dann schwelgen sie in Tönen, die einem Minnesänger alle Ehre machen würden. In ›Dreams from Bunker Hill‹ kommt das am deutlichsten und häufigsten zum Ausdruck, aber auch in allen anderen Büchern wird die Attraktivität einer Frau vor allem an ihrem Allerwertesten festgemacht. Jennifer Lovelace hat ein »wundervolles Hinterteil«; Ginger Britton »hatte einen Arsch, als hätte ihn Rubens gemalt«; an Thelma Faber fiel ihm sofort »ihr sensationeller Arsch auf, beste Hollywood Qualität«; Jenny Palladinos »Arsch war himmlisch«; an Harriet Dietrich liebt er »ihren prächtigen, geschmeidigen, sinnlichen Hintern«; an Miss Quinlan bemängelt er, daß »ihr Hintern herunterhing«; Dorothy Parrishs Po »wippte klein und kompakt wie der eines

Sportlers«, er war »zwei goldene, runde Brotlaibe«; Kathy Dunn »besaß einen aufsehenerregenden Hintern«; Helen Brownell hatte trotz ihrer fünfzig Jahre noch »einen ganz hübschen Arsch«, und selbst der Popo von Schwester Mona, die Arturo ansonsten für eine »katholische Ignorantin« und »dreckige Moralzicke« hält, weckt seine Begeisterung: »Ihr Hinterteil war wie ein Laib italienisches Brot, rund und genau richtig.«

Auch die Feststellung, daß man vom Zustand ihres Hinterteils Rückschlüsse auf die Gemütsverfassung einer Frau schließen kann, verdankt die Menschheit Fante, respektive Arturo Bandini: »Schlauer Kerl, der ich war, entdeckte ich sofort die Anspannung ihres Hinterteils – bei einer Frau ein sicheres Zeichen der Wut.«

Ist das Objekt der Begierde nicht in greifbarer Nähe (»Alle Italiener machen das. Ich habe dich schon tausendmal in den Arsch gekniffen. Das macht Spaß.«) oder außer Sichtweite, dann finden ausgeschlafene Fans und Fetischisten durchaus Mittel und Wege, sich anderweitig Befriedigung und Lustmomente zu verschaffen. Ein besonders origineller Fall von Surrogatbefriedigung wird in ›1933 was a bad year‹ beschrieben. Dort läßt sich Dominic von den »heiligen, seidigen Schlüpfern« seiner Geliebten, die auf einer Wäscheleine hängen, »das Gesicht streicheln, indem er einfach die Wäscheleine entlang geht und die Nase in die Höhe streckt«.

Sind sie nicht einfallsreich und verschlagen, diese Kerle?

VI Er hätte lieber keine Sommersprossen gehabt

Als ich zum ersten Mal Woody Allens Film ›Radio Days‹ sah, war mein erster Gedanke: Woody Allen hat Fante verfilmt. Der 13-jährige Jude Joe aus ›Radio Days‹, der aus den Sammelbüchsen Geld klaut, weil ihm »Der Ring des maskierten Rächers« wichtiger ist als eine neue Heimat in Palästina, ist Arturo Bandini aus

›Wait Until Spring, Bandini‹ und Dominic Molise aus ›1933 was a bad year‹. Joe sieht aus wie Dominic: »Ich war 163 Zentimeter groß und in den letzten drei Jahren keinen Zentimeter gewachsen. Ich hatte Säbelbeine, lief über den großen Onkel, und meine Ohren standen ab wie die von Pinocchio. Meine Zähne standen schief, und mein Gesicht war gesprenkelt wie ein Vogelei.« Joe hat die gleichen Probleme wie Arturo: »Was die Zehn Gebote betraf, brach er praktisch jedes einzelne davon, wobei er sich allerdings sicher war, daß nicht jede Verfehlung eine Todsünde war. Manchmal trug er eine Hasenpfote bei sich. Das war zwar Aberglaube und eine Sünde gegen das erste Gebot, aber war es eine Todsünde?«

Die Protagonisten von Fante und Allen haben viele Entsprechungen. Sie kämpfen hartnäckig mit den Widrigkeiten des Alltags, stammen aus ärmlichen Verhältnissen, haben Minderwertigkeitskomplexe wegen ihres Aussehens, ihrer Abstammung und ihres Glaubens. Ihr sehnlichster Wunsch ist es, ein ganz normaler Amerikaner zu sein.

Weitere verblüffende Gemeinsamkeiten im Detail sind zum Beispiel die Rolle des Vaters, der Mutter und das Verhältnis zu Frauen. Joes Vater in ›Radio Days‹ ist, wie alle Väter in Fantes Büchern, eine gescheiterte Existenz. Er ist sich dessen bewußt und verfällt deshalb in einen optimistischen Zynismus. Zu seinem Sohn sagt er: »Unser Leben ist schon ruiniert, aber aus dir kann ja noch was werden.« Die Söhne sind die Projektion des besseren Lebens. In ›Hannah und ihre Schwestern‹ kann man einen »geradezu konservativ anmutenden Familiensinn« (S. Schober) konstatieren. Bei Fante ist das nicht anders. Hannah hat ihre Entsprechungen in Maria Bandini (Wait Until Spring, Bandini) oder in Maria Molise (The Brotherhood of the Grape). Sie alle sind unglaublich idealisierte Muttertiere, Familienheilige sozusagen. Die angebeteten Frauen schließlich sind meist unerreichbar weit weg, unberührbare Göttinnen. »Er beobachtete sie von der Tür aus, weidete seine Augen an ihrem überwältigenden Liebreiz. Rosa war wie Stanniolpapier und Schokoriegel, wie der Geruch eines neuen Fußballs, wie beflaggte Torpfosten, wie ein ›home run‹ beim Baseball.« In ihre Nähe zu kommen, ihnen gar ein freundliches Wort oder einen Kuß abzuluchsen, bedarf es größter Opfer, unglaublicher Phantasie, wertvoller Geschenke.

Woody Allen ist gleichermaßen wie John Fante rührend, zynisch, kaltschnäuzig, witzig. Beide sind amüsante Entertainer, haben Humor und Selbstironie, geben ihrer Komik und ihrer Melancholie aber einen Stachel, der trifft. In der Zeichnung ihrer Charaktere sind sie genau und liebevoll. Allens Filme und Fantes Bücher sind voll von Details, Facetten, Geschichten und Geschichtchen, scharfsinnigen Beobachtungen und exakten Aspekten menschlichen Verhaltens. »Sieh dir nur das Eigelb auf seinem Kinn an. Und im Bart. Sicher, ein Itaker braucht einen Schnurrbart, aber mußte er sich die Frühstückseier in die Ohren schieben? Konnte er denn seinen Mund nicht finden? Oh Gott, diese Italiener!«

Wie bei Allen wohnen auch in Fantes Brust zwei Seelen. Die eine bewohnt die Welt der Komödie, in der er uns mit seinen halb autobiografischen, halb fiktiven Porträts seiner liebenswerten Pechvögel zum Lachen bringt. Die andere gehört der Tragödie, den großen Gefühlen, den melancholischen Stimmungsbildern, den Fragen nach Gut und Böse, wie wir sie aus den großen Romanen von Dostojewski kennen, den Fante über alles verehrte.

Vereinigen sich diese zwei Seelen, dann entsteht bei aller Boshaftigkeit – die Bandinis und Molises sind immer sehr rachelüstern und voller Zerstörungswut – eine atemberaubende Situationskomik. In ›The Brotherhood of the Grape‹ zum Beispiel besucht Henry seine Schwiegermutter. Zu diesem Besuch ist er nur nach allerlei Überredungskünsten von seiten seiner Frau Harriet zu bewegen, denn er weiß, daß ihn Mama Dietrich selbst nach 26

Jahren Ehe mit ihrer Tochter immer noch nicht als Schwiegersohn akzeptiert hat. Er besucht also die alte Dame und muß feststellen, daß sie ihn immer noch abgrundtief verabscheut. Das hätte er noch hingenommen, als sie ihn aber auffordert, seine Golfschläger endlich aus ihrem Geräteschuppen zu entfernen, und er diese schließlich total verrottet vorfindet, gibt es für ihn nur noch eins: »Ich wollte mich rächen, wollte zurückschlagen, zerstören. ... Dann entdeckte ich die Handschuhe, die ledernen Gartenhandschuhe einer Frau, die von einem Nagel herunterhingen und die Form der kleinen Hände von Hilda Dietrich hatten. Ich machte meinen Hosenladen auf und goß die goldfarbene Flüssigkeit hinein. Als ich sie wieder aufhängte, hatten sie eine menschliche Gestalt: randvoll, grotesk, tropfend, die Handteller offen, feucht und flehentlich.«

Bei allen Boshaftigkeiten Fantes, eines muß man ihm besonders zu gute halten: er ist nie bitter. »Ich glaube, eine Sache muß ein Schreiber auf alle Fälle vermeiden«, sagte er in einem Interview, »das ist Bitterkeit. Bitterkeit ist das Ding, das ihn zerstören kann. Ich habe angefangen, Bücher zu schreiben, die irgendwann in Bitterkeit umgeschlagen sind, sie sind mir mißlungen. Bitterkeit ist die eine Sache, gegen die ein Schreiber kämpfen muß. Ich habe mein ganzes Leben lang dagegen angekämpft.«

Resümierend läßt sich feststellen: John Fante hat in der Literatur die Tragödie eines Heimatlosen, eines Heimatsuchenden, eines unglücklich Liebenden, eines erfolglosen Schreibers, eines ewig Suchenden vorweggenommen, lange bevor Woody Allen mit ähnlich veranlagten, neurotischen Helden im Filmgeschäft zu Weltruhm gelangte.

VII Schliesslich hatte auch ich Schwierigkeiten, mich dem bürgerlichen Leben anzupassen

Fantes Protagonisten haben nicht nur eine chaotische Lebensführung, sie sind im weitesten und liebenswertesten Sinne auch politisch Anarchisten. Der Prototyp eines solchen atheistischen, syndikalistischen Aufrührers ist Nick Molise aus ›The Brotherhood of the Grape‹. »Ich glaubte, es war seine Wut gegenüber der Welt, sein Verlangen, über das Establishment zu triumphieren, seine Empfindung, als Einwanderer nur Außenseiter zu sein.«

Fantes Helden stammen alle aus dem proletarischen Milieu. Seine Sympathie gilt den Heldentaten des Alltags, durch seine Bücher weht der säuerliche Geruch von »Windeln und Erbrochenem«, von »Zwiebeln und Brot«, von »Makkaroni und Ravioli«, ein Hauch von verräucherten Poolbillard-Kaschemmen und der Spermagestank von Huren-Absteigen. Auch wenn er sich immer wieder mal herablassend über sie ausläßt, im Mittelpunkt seiner Geschichten steht der »Itaker von der Straße«, der »abruzzische Spaghettifresser niederer Herkunft«, der »Sauhund von einem Bauern«, das »Arschgesicht«, der »Schmalspur-Kriecher«.

Zur Obrigkeit und Staatsmacht haben sie alle ein sehr gespaltenes Verhältnis. Mit festgeschriebenen Gesetzen haben sie so ihre Schwierigkeiten. Wenn Not am Mann ist, wird schon mal bedenkenlos was geklaut, betrogen oder hintergangen. Daß sie mit solchen Aktionen nicht sehr weit kommen, steht wieder auf einem ganz anderen Blatt. Paragraphen jedenfalls sind ihnen ein Dorn im Auge. Sie handeln nach eigenen Überzeugungen, nach einem eigenen Ehrenkodex. Mit dem Gesetz stehen sie praktisch permanent auf Kriegsfuß, ein paar Tage Arrest gehören schon fast zur Familientradition, aber ihre »Ehre für Geld hergeben« würde ihnen nicht mal im Traum einfallen, selbst wenn man ihnen dafür »hunderttausend Dollar« bieten würde.

Fantes Männer sind wache Zeitgenossen mit klarem politischen Verstand, sie sind im wahrsten Sinne des Wortes klassenbewußt. »Er war Maurer und für ihn gab es keine schönere Berufung auf Erden. Egal ob du ein König bist oder ein Eroberer, was du auch bist, du brauchst ein Haus; und wenn du einen Funken Verstand hast, muß es ein Haus aus Ziegel sein; und natürlich muß es von einem Gewerkschaftsmitglied sein, zum Tariflohn versteht sich. Das war wichtig.« Die Organisierung in der Gewerkschaft ist für Fantes Handwerker eine Selbstverständlichkeit. Das hindert sie aber nicht daran, nach ihrem eigenen Kopf zu leben, nach ihren eigenen Ideen zu sprechen und sich auf ihren eigenen gesunden Menschenverstand zu verlassen. Über Svevo Bandini heißt es in ›Wait Until Spring, Bandini‹: »Er war kein Dummkopf. Er konnte sich unterhalten. Er hatte einen gesunden Menschenverstand und konnte damit viel mehr Probleme lösen als sie. Bandini hatte sein Wissen nicht aus Büchern. In seinem emsigen und sorgenvollen Leben hatte er noch keine Zeit für Bücher gefunden. Aber er hatte viel öfter als sie im Buch des Lebens geblättert und nicht wie sie in den allwissenden Schwarten. Er hatte den Kopf voller Gedanken, über die man sich unterhalten konnte.«

Die antibürgerliche, nonkonformistische Haltung von Fantes Männern manifestiert sich meiner Ansicht nach auch in deren Einstellung zu Drogen. In fast allen Büchern Fantes gibt es Situationen, in denen die Protagonisten Gras rauchen. Ob es sich um den jungen Arturo handelt oder um die Kinder von Henry Molise: Marihuana ist ein Mittel, um Unangepaßtheit zu dokumentieren. In ›West of Rome‹ behauptet Henry Molise zwar, »Gras ist bewußtseinserweiternd für Leute mit Schrumpfhirn«, und wirft seinem Sohn Dominic vor, »du brauchst es, weil du ein Trottel bist«, aber ein paar Seiten weiter bittet er seinen Sohn, ihm ein paar Gramm abzutreten. Er beabsichtigt, es zusammen mit seiner Frau zu rauchen in der Hoffnung, ihr so einige schwere Enthüllungen schonender beibringen zu können. »Ich war kein Experte mit dem

Zeug, obwohl ich ein paarmal in meinem Leben Gras geraucht hatte. Ich wollte, ich wäre damit gewappnet gewesen, als ich damals vom Tod meines Vaters erfuhr. Statt dessen hatte ich mich fürchterlich betrunken und mein Leid dadurch nur noch bodenloser gemacht. Tatsächlich ist mein Vater seit zehn Jahren tot, und ich trauere immer noch, weil ich ihn verloren habe. Marihuana hätte das vielleicht ändern können. Es war angeblich ein sicheres Mittel gegen eine Welt, die in Scherben fällt.« Haschisch wird für ihn zum legalen Mittel, um »eine Reise ins Glück« anzutreten, »wo die Plagen des Lebens für eine Weile von uns genommen sind«. In einer Welt »voll Krieg und Haß und Bigotterie«, in der »Betrügen und Lügen, Vorurteile und Grausamkeit« alltäglich sind, ist Gras für Henry »Therapie! Entspannt den Körper, reinigt den Verstand, erfrischt die Seele«.

Was Fantes Protagonisten bei all ihren Unternehmungen auszeichnet, ist ihre grenzenlose Neugier, ihre offene Entdeckerfreudigkeit, ihr Mut zum Risiko. Angstfrei und ohne Hemmungen bewegen sie sich in fremder Umgebung mit der Unbefangenheit eines Kindes. »Er war nur in einer anderen Welt und wollte sie genau kennenlernen. Das war's, mehr nicht.«

Über Fantes persönliche Einstellung zum Militär weiß ich nichts, aber eine der schönsten antimilitaristischen Allegorien verdankt die Literaturgeschichte seinem Roman ›West of Rome‹. Hinterfotziger kann man seine Abneigungen gegen das Militär – zumal wenn es um eine Eliteeinheit wie die amerikanischen Marines geht – nicht zum Ausdruck bringen. Rick Colp, der Verlobte von Henrys Tochter Tina, war Sergeant im Marine-Corps und soll Stupid, den riesigen Akita-Hund, der den Molises zugelaufen ist und nur Schwierigkeiten macht, aus dem Wohnzimmer entfernen. Gut ausgerüstet und mit seiner Vietnamerfahrung großkotzig prahlend macht er sich ans Werk und erlebt die wahrscheinlich größte Demütigung seines noch jungen Lebens. Der Hund überlistet den wackeren Krieger kaltschnäuzig, macht zuerst einen auf unterwürfig und stürzt sich dann um so rücksichtsloser auf den Marine. »Dann sahen wir die Mohrrübe. Wir sahen sie alle gleichzeitig. Sie leuchtete wie eine Lötlampe. Auch Colp sah sie. Er wollte aufstehen. Der Hund wollte das nicht, und da knurrte es tief, Zähne blitzten auf und wurden gefletscht, und der Hund war plötzlich über ihm, drückte ihn mit dem Rücken in die Kissen, das aufgerissene Maul mit den gewalttätigen Zähnen an der Kehle des jungen Mannes drohte, warnte ihn, still liegen zu bleiben, sich friedlich zu ergeben, während sich die Mohrrübe in seine Jeans rammte, rauf, runter, rauf, runter! Rick lag bewegungslos, direkt über seinem Gesicht dampfte das riesige Maul.« Ähnliche Szenen wiederholen sich in ›West of Rome‹ noch ein paarmal, und jedesmal ist Rick die Hilflosigkeit in Person, ein Ex–Elitemarine, der der gnadenlosesten Lächerlichkeit preisgegeben ist, die sich denken läßt.

Auch Dennis, Henrys zweitältester Sohn, ist vom Militär nicht begeistert. Mit Hilfe von korrupten Ärzten, »einem Dutzend Röntgenaufnahmen, Blutuntersuchungen und Rückenmarkspunktionen« versucht er, dem Militärdienst zu entkommen. Nachdem das alles nicht geklappt hat, setzt er sein schauspielerisches Talent ein und macht auf abgefeimte Weise das Militär zum Verlierer. »Sehe ich aus wie ein Soldat, benehme ich mich wie ein Soldat, denke ich wie ein Soldat? Ich gehöre nicht in die Armee.«

Eine weitere wunderbare Stelle, die Auskunft über die politische Einstellung von Fantes Helden gibt, ist die Passage, in der Henry mit Stupid zum Strand runterläuft. Sein Weg führt vorbei an unzähligen Vorgärten mit kläffenden Hunden. Der »unumstrittene Herrscher im Hundereich von Point Dume« heißt Rommel, »ein schwarzsilberner deutscher Schäferhund, der im letzten Haus an der Straße wohnte und es auf sich genommen hatte, die Tore zum Strand zu bewachen. Ein furchterregender Hund, ein Gauleiter mit einem unheimlichen Gespür für Fremde und Aussteiger (jede Uniform begrüßte er dagegen mit Schwanzwedeln);

er war elegant wie Cary Grant und stark wie Joe Louis, ein allmächtiger König unter den Hunden ...« Am Ende der Straße kommt es zum Duell Rommel-Stupid. Wie vorher schon der Marine, wird jetzt auch das Sinnbild für Teutonentum, Kriegslist und Obrigkeitshörigkeit das Opfer verschlagenen, lasterhaften, obszönen Nonkonformismus'. »Schließlich enthüllte Stupid seine finsteren Absichten, holte sein gelbrotes Schwert aus der Scheide, sprang auf Rommels Rücken, drückte ihn, jetzt ganz Bär, mit vier kräftigen Beinen zu Boden und suchte den Eingang für sein Gerät. Welche Finesse! Welche Brillanz! Mein Blut kochte. Mein Gott, was für ein Hund! Angewidert knurrend, versuchte sich Rommel aus diesem obszönen Überfall zu befreien, sein Hals verrenkte sich auf der Suche nach Stupids Gurgel, sein Hintern rutschte schutzsuchend über den Boden. Jetzt wußte er es: Sein Gegner war ein satanisches Monster mit lasterhaften Absichten, und das gab ihm einen solchen Schub panischer Energie, daß er sich losreißen konnte. Endlich frei, schlich er davon mit hängendem Schwanz zum Schutz seiner empfindlichen Teile und seiner Ehre.«

Stupid steht hier als Platzhalter für das, was Henry sich ein Leben lang erträumt, ersehnt, erhofft hat. »Ich war die Niederlagen und Mißerfolge satt. Ich hungerte nach Sieg. Ich war fünfundfünfzig, und es waren keine Siege mehr in Sicht, noch nicht einmal ein ordentlicher Kampf. Sogar meine Feinde waren nicht mehr an Kämpfen interessiert. Stupid war Sieg, war die Bücher, die ich nicht geschrieben hatte, die Orte, an denen ich nicht gewesen war, der Maserati, den ich nie besessen hatte, die Frauen, nach denen ich mich sehnte, Danielle Darrieux und Gina Lollobrigida und Nadia Grey. Er war Triumph über ehemalige Hosenfabrikanten, die auf meine Drehbücher eingedroschen hatten, bis Blut floß. Er war mein Traum von wunderbaren Nachkommen mit Verstand und an berühmten Universitäten, Gelehrten, die der Welt etwas zu geben hatten. ... Er paßte nicht hierher, genau wie ich. Ich würde kämpfen und verlieren, er würde kämpfen und siegen.« Stupid, ein verlauster, verdreckter Köter, ist die Antwort auf »die Armut meiner Kindheit, die Verzweiflung meiner Jugend, die Hoffnungslosigkeit meiner Zukunft«, lautet das Eingeständnis Henrys, eines desillusionierten, aber nicht vernichteten Mannes.

Daß sich dieser Hund, den seine Feinde das gesamte Buch über für schwul halten, am Ende in das Schwein Emma verliebt, setzt dem ganzen die Krone auf. Aber das ist Fante pur: ein erotischer Faustschlag, ein literarischer Phantast, ein politischer Provokateur. Ein Schriftsteller, der sich zwischen alle Stühle setzt, weil das die einzige Möglichkeit ist, extreme Positionen miteinander zu verbinden.

VIII Epilog

»Ein Mann mußte etwas unternehmen, denn ohne Abwechslung war es einfach zu langweilig«, heißt es an einer Stelle bei John Fante. So kurzweilig, abenteuerlich, abwechslungsreich, manchmal hochdramatisch wie das Leben von Fantes Protagonisten ist auch die Lektüre seiner Bücher. Ich kenne nur wenige Schriftsteller, die den Ernst des Lebens in solch unverbrauchten Geschichten, mit so wenig Sentimentalität und ohne jegliche Bitterkeit schildern können. Fante beschreibt nichts Weltbewegendes, es sind Geschichten voller Alltag, aber sie werden niemals seicht oder trivial. Ich kann mich da nur wiederholen: Die besten Autoren schreiben Geschichten, die gleichermaßen den Kopf und das Herz ansprechen, die in den Bauch, zwischen die Beine und in den großen Zeh (zum Wippen, wegen der Musikalität) gehen. John Fante gehört zu den besten.

Obwohl Fantes Bücher sehr komplexe Themen behandeln, immer auch ein gesellschaftspolitisches Dokument der Zeit, in der sie spielen, sind, lese ich sie als Abenteuerbücher tragischer Jungen- und Männergestalten. Männliche Helden, die mit schlimmen

Widrigkeiten des Lebens zu kämpfen haben und trotzdem ein Optimum an Lust und Glück einfordern. Daß die Frauen bei Fante so schlecht wegkommen, ist nicht seine Schuld. Es ist auch nicht seine Aufgabe, weibliche Utopien zu formulieren. Fante hat für sich und seine Helden einen Ausweg gesucht. Seine Bücher sind eine Antwort der einen Hälfte der Menschheit. Um die andere Hälfte müssen sich andere AutorInnen kümmern. Fante hätte sicher nichts dagegen gehabt.

Was mich an Fantes Männern besonders begeistert, ist ihre ungebrochene Vitalität bis ins hohe Alter. Das sind Helden, die vor keiner Herausforderung kneifen, die nie kapitulieren, die nie um eine Antwort verlegen sind, die mit dem Leben so oder so fertig werden, egal wie groß die Last ist, die ihnen das Schicksal aufgebürdet hat. Es mag auch ein Licht auf den Kritiker werfen, wenn er sich zu Männern bekennt wie Nick Molise, der auf die Frage, was er mit dem Inhalt seiner Lohntüte gemacht hat, antwortet: »Durchgebracht. Verspielt. Versoffen. Mit ein paar Frauen geschlafen.« Oder jenem, über den Miss Quinlan in ›The Brotherhood of the Grape‹ zu berichten weiß: »Im letzten Winter hatte ich einen Patienten an der Nierenmaschine, einen netten, alten Herrn, 92 Jahre alt. Der liebe Mann starb in meinen Armen, mit seiner Hand in meinem Höschen. Verstehen Sie, was ich meine, Mr. Molise?« Ja, ich verstehe das. Ich bekenne mich dazu. Vor solchen Burschen ziehe ich den Hut.

Bibliografie

1938 Wait Until Spring, Bandini (Hau ab, Bandini; Pohl'n 'Mayer, 1987)

1939 Ask the Dust (Ich – Arturo Bandini; Maro, 1982)

1940 Dago Red

1952 Full of Life

1977 The Brotherhood of the Grape (Unter Brüdern; Pohl'n 'Mayer, 1984)

1982 Dreams from Bunker Hill (Warten auf Wunder; Pohl'n'Mayer, 1984)

1985 The Road to Los Angeles (Sein Weg nach Los Angeles; Eichborn, 1988)

1985 The Wine of Youth

1985 1933 was a bad year (Es war ein merkwürdiges Jahr; Eichborn, 1986)

1986 West of Rome (Westlich von Rom; Eichborn, 1987)